Só uma rosa como arrimo

Só uma rosa como arrimo

Hilde Domin

seleção e tradução:
Simone Brantes

jabuticaba

Dados Internacionais de Catalogação na Publicação (CIP) de acordo com ISBD

D671s Domin, Hilde

Só uma rosa como arrimo / Hilde Domin; traduzido por Simone Brantes. - São Paulo: Edições Jabuticaba, 2023.
236 p. ; 14cm x 21cm.

Inclui índice.
ISBN: 978-85-93478-26-0

1. Literatura alemã. 2. Poesia. I. Brantes, Simone. II Título.

CDD 831
2023-3300 CDU 821.112.2-1

Elaborado por Odilio Hilario Moreira Junior - CRB-8/9949

Índice para catálogo sistemático:
1. Literatura alemã: poesia 831
2. Literatura alemã: poesia 821.112.2-1

Publicado em acordo com S. Fischer Verlag GmbH
Seleção e tradução: Simone Brantes
Preparação: Douglas Pompeu
Revisão: Marcelo Lotufo e Cesare Rodrigues
Design miolo: Cesare Rodrigues
Capa: Raul Prado

A tradução deste livro foi apoiada por uma bolsa de fomento à tradução do Goethe-Institut

GOETHE INSTITUT

9 788593 478260

Edições Jabuticaba
www.ediçõesjabuticaba.com.br
www.facebook.com.br/Edjabuticaba
instagram: @livrosjabuticaba

SUMÁRIO

§

Só uma rosa como arrimo

ZIEHENDE LANDSCHAFT

Man muss weggehen können
und doch sein wie ein Baum:
als bliebe die Wulzel im Boden,
als zöge die Landschaft und wir ständen fest.
Man muss den Atem anhalten,
bis der Wind nachlässt
und die fremde Luft um uns zu kreisen beginnt,
bis das Spiel von Licht und Schatten,
von Grün und Blau,
die alten Muster zeigt
und wir zuhause sind,
wo es auch sei,
und niedersitzen können und uns anlehnen,
als sei es an das Grab
unserer Mutter.

PAISAGEM CIGANA

É preciso saber partir
e ainda assim ser como uma árvore:
como se as raízes se atassem ao chão,
como se a paisagem migrasse e nós não arredássemos.
É preciso prender a respiração,
até que o vento comece a amainar
e o ar estrangeiro se ponha a nos rodear,
até que o jogo de luz e sombras,
de azul e verde,
exiba seu velho padrão
e nos achemos de novo em casa,
onde quer que ela esteja,
e possamos nos agachar e nos apoiar,
como se junto ao túmulo
de nossa mãe.

APFELBAUM UND OLIVE

Ein Trost ist, zu wissen
wo die Tassen stehn und die Teller
in dem Haus, in dem du zu Gast bist,
und einen Anteil zu haben
an der Zärtlichkeit von Katze und Hund
deines Freunds,
und die Tücke des Fahrrads zu kennen
als sei es dein eignes,
auf dem du mit der verblichenen Tasche
in das fremde Dorf fahren darfst,
und die Milch auf dem Weg zu verschütten
als habest du selbst
den Deckel der alten Kanne
vor Jahren
auf diesem Wege verloren.
Du gehst durch das Gartentor
und machst es hinter dir zu,
als stehe die Bank
für dich vor dem Haus,
und siehst die andern draussen vorbeigehn,
du,
der Wandrer
von Tag zu Tag
und von Land zu Land,
an dem das Wort
von der Flüchtigkeit
allen Hierseins
Fleisch ward.
Du, den jede Wand
aufgibt,

PÉ DE MAÇÃ E OLIVEIRA

Um consolo é saber
onde ficam os copos e os pratos
na casa em que te hospedaste,
e partilhar
a docilidade do cão e do gato
de teu amigo,
e conhecer as manhas da bicicleta
como se fosse a tua,
sobre a qual com a bolsa desbotada
te é permitido andar pela aldeia estrangeira,
e derramar o leite na estrada
como se tu mesmo há anos
nela tivesses perdido
a tampa da velha leiteira.
Tu atravessas o portão do jardim
e faz com que se feche a tuas costas,
como se te esperasse
o banco defronte à casa,
e olhas os outros passando lá fora,
tu,
o viajante
dia após dia
terra após terra,
em quem a palavra
da fugacidade
de todo permanecer
se fez carne.
Tu que por toda parede
és abandonado,

und den es oft nach des Zirkuskinds
fahrbarer Höhle verlang.

Zwar, der Apfelbaum und die Olive
sind überall dein,
und in fernen Ländern
schiebt man dir einen Stuhl an den Tisch
an der Seite der Hausfrau,
und jedes gibt dir von seinem Teller
wenn die Schüssel schon leer ist,
als habe ein Kind sich verspätet,
nicht als kämest du eben vom Flugplatz.
Und die dunkeln Mangobäume
und die Kastanien
wachsen Seite bei Seite
in deinem Herzen.

Du weisst, wie die hohen Gräser
an den Rändern der Inseln rascheln
in allen südlichen Meeren,
wie staubig die Kaktuswege sind,
und du gehst durch die schaumigen Wiesen und kennst
ihren bunten Kalender.
Du spielst mit dem Wind
und bläst die hellen Kugeln
des Lövenzahns in die Luft,
und siehst dem Schweben
der kleinen weissen Schirme mit zu
– so leicht, so widerstandslos vor dem Wehn
wie du selbst.
Ingendwo
dürfen sie landen.

que tantas vezes anseias
pela toca itinerante da criança do circo.

Claro, o pé de maçã e a oliveira
são teus por toda parte,
e em terras distantes
alguém arrasta para a mesa uma cadeira
e te faz sentar ao lado da dona da casa,
e todos te dão do seu prato
se não resta mais nada na travessa,
como se uma criança tivesse se atrasado,
não como se mal acabasses de aterrissar.
E as escuras mangueiras
e as castanheiras
crescem lado a lado
em teu coração.

Tu sabes como ciciam em torno
à ilha as longas folhas do capim
em todos os mares do sul,
quão poeirentos são os caminhos de cactos,
e segues por campos de espuma e conheces
seu calendário multicor.
Jogas com o vento
e sopras no ar
as lúcidas esferas dos dentes de leão,
e observas o pairar
dos diminutos e brancos guarda-chuvas
– tão leves, tão cordatos frente ao sopro
como tu mesmo.
Em algum lugar
deixarão que aterrissem.

Dann fährst du die Strasse hinab
als glittest du auf einem Schlitten
an den Pappeln vorbei
in die Abendsonne.
Ein Reh tritt aus dem Wald,
und eine kleine Kirsche auf einem Hügel
mit einem einsamen Kirschhof
winkt dir zu.
Du wägst ihren Gruss
wie eine Einladung,
die man eines Tages
– noch ungewiss, wann –
vielleich gerne
annehmen möchte.

Und daran erkennst du,
dass du
hier ein wenig mehr
als an andern Stätten
zuhaus bist.

Então desces pela estrada
como se deslizasses sobre um trenó
margeando os álamos
no sol da tarde.
Uma corça sai caminhando da floresta,
e uma igrejinha sobre a colina
com um cemitério solitário
acena para ti.
Ponderas que
seu cumprimento
é como um convite,
que alguém um dia
– quando, ainda não se sabe –
com grande prazer talvez
gostasse de aceitar.

E assim percebes
que
aqui um pouco mais
do que nos outros lugares
estás em casa.

HERBSTZEITLOSEN

Für uns, denen der Pfosten der Tür verbrannt ist,
an dem die Jahre der Kindheit
Zentimeter für Zentimeter
eingetragen waren.

Die wir keinen Baum
in unseren Garten pflanzten,
um den Stuhl
in seinen wachsenden Schatten zu stellen.

Die wir am Hügel niedersitzen,
als seien wir zur Hirten bestellt
der Wolkenschafe, die auf der blauen
Weide über den Ulmen dahinziehen.

Für uns, die stets unterwegs sind
– lebenslängliche Reise,
wie zwischen Planeten –
nach einem neuen Beginn.

Für uns
stehen die Herbstzeitlosen auf
in den braunen Wiesen des Sommers,
und der Wald füllt sich
mit Brombeeren und Hagebutten –

Damit wir in den Spiegel sehen
und es lernen
unser Gesicht zu lesen,
in dem die Ankunft
sich langsam entblösst.

AÇAFRÃO DO CAMPO

Para nós, que vimos o umbral incinerado,
onde os anos da infância
estavam gravados
centímetro por centímetro.

Nós que não plantamos
uma só árvore em nosso jardim,
para depositar a cadeira
na sua sombra que se estende.

Nós que nos sentamos no monte,
como se no ofício de pastores
das nuvens-ovelhas que deslizam
sobre o prado acima dos ulmeiros.

Para nós, sempre de passagem
– viagem sem prazo,
como por entre planetas –
depois de um novo começo.

Para nós
repontam os açafrões do campo
nos prados castanhos do verão,
e a floresta fica repleta
de amoras e roseiras silvestres –

Para que assim possamos olhar
no espelho e aprender
a ler nossa face,
na qual tão devagar
se desnuda a chegada.

RÜCKZUG

Meine Rechte (wer glaubt es ihr heut?)
war einstmals eine offene Rose
voller Schmetterlinge.
Plötzlich, fast ohne Vorbereitun,
wie einer gestossen wird und fällt,
hat sie ihre Blätter verloren
und war blass und nackt:
eine Meschenhand
wie alle andern.
Du erinnerst dich.
Die Schale meiner Linken,
die deine Vögel tränkte,
zerbrach.
Du weisst, wie lange die Scherben
in unserem Garten lagen.
Es ist wahr, ich konnte mich damals
in eine Wand von blühendem Wein verwandeln
für deine Bienen.
Die Jahreszeit war
kaum von Bedeutung –
vor diesem Tag,
an dem ich meine Hände
auf den Tisch legte,
und sie leer waren.

Seither bin ich bescheiden geworden,
ich gehe mit einem Netz auf den Markt,
wo gewogen und abgeschnitten wird,
und habe dir Tassen uns Teller gekauft
wie eine richtige Hausfrau.

RETIRADA

Minha direita (quem hoje o acredita?)
foi um dia uma rosa aberta
cheia de borboletas.
Num átimo, quase sem que se esperasse,
como alguém é abalroado e cai,
caíram suas pétalas
e ela se tornou descorada e nua:
uma mão humana
como qualquer mão.
Você se lembra.
A vasilha da minha esquerda,
onde teus pássaros vinham tomar água
se quebrou.
Você sabe, tanto tempo os cacos
ficaram semeados em nosso jardim.
É claro, então eu podia
me transformar em florente videira
para tuas abelhas.
A estação inteira
era de pouca monta
antes da chegada desse dia,
no qual eu plantei
minhas mãos sobre a mesa,
e elas estavam vazias.

Desde então sou modesta,
vou com uma sacola ao mercado,
onde se pesa e se parte
e te comprei copos e pratos
como uma verdadeira dona de casa.

Aber wenn du weinst
und dich hilflos
im Schlafe beklagst,
denn wachsen meinem Herzen
kleine schmerzenden Flügel,
und ich fühle seine Ungedulg
in meinem Hals,
dass mir der Atem vergeht.

Mas quando você chora
e no sono
se põe a queixar-se,
desamparado
então crescem em meu coração
duas asas machucadas,
e sinto sua impaciência
tão rente à minha garganta,
que me corta a respiração.

WO STEHT UNSER MANDELBAUM

Ich liege
in deinen Armen, Liebster,
wie der Mandelkern in der Mandel.
Sag mir: wo steht
unser Mandelbaum?

Ich liege in deinen Armen
wie in einem Schiff,
ohne Route noch Hafen,
aber mit Delphinen am Bug.

Unter unserem Rücken
ein Band von Betten,
unsere Betten in den vielen Ländern,
im Nirgendwo der Nacht,
wenn rings ein fremdes Zimmer versinkt.

Wohin wir kamen
– wohin wir kommen, Liebster,
alles ist anders,
alles ist gleich.

Überall wird das Heu
auf andere Weise geschichtet
zum Trocknen
unter der gleichen
Sonne.

ONDE NOSSA AMENDOEIRA SE ALTEIA

Estou deitada
em teus braços, amado,
como o grão de amêndoa na amêndoa.
Diga-me: onde nossa
amendoeira se alteia?

Estou deitada em teus braços
como se em um navio,
sem rota nem porto,
mas com golfinhos na proa.

Às nossas costas
um feixe de camas,
nossas camas nas muitas terras,
no lugar nenhum da noite,
caso afunde um quarto estrangeiro.

Para onde viemos
- para onde vamos, amado,
tudo é outro,
tudo é o mesmo.

Por toda parte o feno
é empilhado de outro jeito
para secar
sob o mesmo
sol.

BAU MIR EIN HAUS

Der Wind kommt.

Der Wind, der die Blumen kämmt
und die Blüten zu Schmetterlingen macht,
der Tauben steigen lässt aus altem Papier
in den Schluchten Manhattans
himmelwärts, bis in den zehnten Stock,
und die Zugvögel an den Türmen
der Wolkenkratzer zerschellt.

Der Wind kommt, der salzige Wind,
der uns übers Meer treibt
und uns an einen Strand wirft
wie Quallen,
die wieder hinausgeschwemmt werden.
Der Wind kommt.
Halte mich fest.

*

Ach, mein heller Körper aus Sand,
nach dem ewigen Bilde geformt, nur
aus Sand.
Der Wind kommt
und nimmt einen Finger mit,
das Wasser kommt
und macht Rillen auf mir.
Aber der Wind
legt das Herz frei –
den zwitschernden roten Vogel
hinter den Rippen –

CONSTRÓI PARA MIM UMA CASA

O vento chega.

O vento que penteia as flores
e faz das pétalas borboletas,
e alça pombas de papel velho
pelas gargantas de Manhattan
céu acima até o décimo andar,
e espatifa as aves de arribação
contra as torres dos arranha-céus.

O vento chega, o vento salgado,
que nos empurra sobre o mar
e nos atira em uma praia
feito medusas,
sempre de novo arrastadas.
O vento chega.
Segura-me forte.

*

Ah, meu corpo luminoso de areia,
formado desde o modelo eterno, só
de areia.
O vento chega
e leva consigo um dedo,
a água chega
e abre ranhuras em mim.
Mas o vento
deixa exposto o coração
– o chilreante pássaro vermelho
atrás das costelas –

und brennt mir die Herzhaut
mit seinem Salpeterratem.
Ach, mein Körper aus Sand!
Halte mich fest,
halte
meinem Körper aus Sand.

*

Lass uns landenwärts gehn,
wo die kleinen Kräuter die Erde verankern.
Ich will einen festen Boden,
grün, aus Wurzeln geknotet
wie eine Matte.
Zersäge den Baum
mimm Steine
und bau mir ein Haus.

Ein kleines Haus
mit einer weissen Wand
für die Abendsonne
und einem Brunnen für den Mond
zum Spiegeln,
damit er sich nicht,
wie auf dem Meere,
verliert.
Ein Haus
neben einem Apfelbaum
oder einem Ölbaum,
an dem der Wind
vorbeigeht
wie ein Jäger, dessen Jagd
uns
nicht gilt.

e queima-me sua pele
com fôlego de salitre.
Ah, meu corpo de areia!
Segura-me forte,
segura
meu corpo de areia.

*

Vamos nos embrenhar terra adentro,
onde as pequenas ervas ancoram o chão.
Quero um solo firme,
verde, trançado de raízes
como um capacho.
Derruba a árvore
apanha pedras
constrói para mim uma casa.

Uma casa pequena
com uma parede branca
para o ocaso
e uma fonte para a lua
à guisa de espelho,
assim ela não irá se perder,
como se perde
sobre o mar.
Uma casa
ao lado de uma macieira
ou uma oliveira,
por onde o vento
passe
como um caçador, cuja caça
nos
desconheça.

WIE WENIG NÜTZE ICH BIN

Wie wenig nütze ich bin,
ich hebe den Finger und hinterlasse
nicht den kleinsten Strich
in der Luft.

Die Zeit verwischt mein Gesicht,
sie hat schon begonnen.
Hinter meinen Scritten im Staub
wäscht Regen die Strasse blank
wie eine Hausfrau.

Ich war hier.
Ich gehe vorüber
ohne Spur.
Die Ulmen am Weg
winken mir zu wie ich komme,
grün blau goldener Gruss,
und vergessen mich,
eh ich ich vorbei bin.

Ich gehe vorüber –
aber ich lasse vielleicht
den kleinen Ton meiner Stimme,
mein Lachen und meine Tränen
und auch den Gruss der Bäume im Abend
auf einem Stückchen Papier.

Und im Vorbeigehen,
ganz absichtlos,
zünde ich die ein oder andere
Laterne an
in den Herzen am Wegrand.

COMO CAREÇO DE UTILIDADE

Como careço de utilidade,
ergo o dedo e não deixo
o menor traço
no ar.

O tempo que apaga minha face,
ele já começou.
Atrás de meus passos na poeira
a chuva lava impecavelmente a estrada
como uma dona de casa.

Eu estive aqui.
Eu sigo adiante
sem rastros.
Os olmos no caminho
acenam para mim tão logo chego,
saudações azuis verdes douradas,
e esquecem-me
antes mesmo que me afaste.

Eu sigo adiante –
mas eu deixo quem sabe
o baixo tom de minha voz,
meu riso e minhas lágrimas
e também a saudação das árvores no ocaso
em um pedacinho de papel.

E de passagem,
sem qualquer intenção,
acendo uma ou outra
lanterna
nos corações à margem da estrada.

VORSICHTIGE HOFFNUNG

Weisse Tauben
im Blau
verbrannter Fensterhöhlen,
werden die Kriege für euch geführt?

Weisse Taubenschnur
durch die leeren Fenster
über die Breitengrade hinweg.
Wie Rosensträucher auf Gräbern
achtlos nehmet ihr das Unsre.
Auf den mit Tränen gewaschenen Stein
setzt ihr das kleine Nest.

Wir bauen neue Häuser,
Tauben,
die Schnäbel der Krane ragen
über unseren Städten,
eiserne Störche, die Nester für Menschen richten.
Wir bauen Häuser
mit Wänden aus Zement und Glas
an denen euer rosa Fuss
nicht haftet.
Wir räumen die Ruinen ab
und vergessen die äusserste Stunde
im toten Auge der Uhr.
Tauben, wir bauen für euch:
ihr werdet
in den glatten Wändern nisten,
ihr werdet
durch unsere Fenster fliegen
ins Blau.

CAUTELOSA ESPERANÇA

Pombas brancas
no azul
dos buracos calcinados das janelas,
é para vocês que se faz a guerra?

Pombas brancas em cordão
pelas janelas vazias
acima das latitudes.
Como roseiras em sepulturas
distraídas vocês tomam a nossa.
Na pedra lavada de lágrimas
plantam o pequeno ninho.

Construímos novas casas,
pombas,
o bico do guindaste se levanta
acima de nossas cidades,
cegonhas de ferro, que alojam o ninho dos homens.
Construímos casas
com paredes de cimento e vidro
onde seus pés róseos
não conseguem grudar.
Removemos as ruínas
e esquecemos no olho morto
do relógio a hora derradeira.
Pombas, para vocês construímos:
vocês irão
se aninhar nas paredes lisas,
por nossas janelas
voarão para o azul.

Und vielleicht sind dann ein paar Kinder da
– und das wäre sehr viel –,
die unter euch
in den Ruinen
unserer neuen Häuser,
der Häuser, die wir mit den hohen Kranen
den Tag und die Nacht durch bauen,
Verstecken spielen.

Und das wäre sehr viel.

E talvez haja algumas crianças
– e isso já seria tanto –,
que lá embaixo
nas ruínas
de nossas novas casas,
as casas que com grandes guindastes
dia e noite construímos
brinquem de esconder.

E isso já seria tanto.

ABSCHIED AUS ANDALUSIEN

Für Bernabé und Quinín

Der Ginster stand voll silberner Schoten,
der Lavendel war abgeblüht,
und die Bauern ritten auf kleinen Eseln
hinauf in ihre weissen Dörfer.
Mit schweren Eutern wurden die Ziegen
in die Gehöfe geführt.

Da stand ein Stein,
ein grauer Stein,
auf einem Hügel im Feld.
„Lieber Stein", sagte ich,
„nimm mich an,
als seist du ein kleiner niedriger Stuhl
vor einem Herdfeuer
an dem ein Topf Milch steht.
Bei dir will ich bleiben.

Ich will auspacken,
und wie ein Kind
seine Taschen umdreht
und seine Murmeln
und einen zerdrückten Maikäfer
auf dem Boden ausbreitet
will ich das Meine um dich legen."

Und alle meine Gegenstände,
so viele unnütze Gegenstände,

DESPEDIDA DA ANDALUZIA

Para Bernabé e Quinín

A giesta erguia-se pesada de vagens prateadas
já haviam murchado as flores da lavanda
e os camponeses sobre seus burricos
trotavam para o alto, para suas aldeias brancas.
Com úberes pesados as cabras eram levadas
aos estábulos.

Ali havia uma pedra,
uma pedra cinzenta,
em uma colina do campo.
"Querida pedra", eu falei
"acolha-me
como se fosses uma cadeirinha
diante da chama do fogão
sobre o qual há uma leiteira.
Quero ficar contigo.

Quero desfazer as caixas,
e como uma criança
que vira os bolsos
e espalha pelo chão
suas bolas de gude
e um inseto esmagado,
quero ir colocando
tudo que é meu ao teu redor".

E todos os meus objetos,
todos os meus objetos sem préstimo,

lagen auf dem Feld
und warfen lange Schatten
in der Abendsonne.
Weiter unten am Weg
glühten drei rote Mohnblumen
bei einem Ölbaum.

Ich legte meinen Kopf
auf die Schreibemaschine
und sah in den Himmel,
und die eiligen Schwalben
wie Weberschiffchen
woben mir ein Dach
aus Bahnen von hellblaum Nichts
über meinem Kopf.

Aber wie die Nacht kam
mit ihrem Krötenorchester
– der Feigenbaum im Tal
war längst in grünen Halmen ertrunken –
gab mir der Stein
eine kleine gelbe Margerite
als Hausschlüssel.

Damit schloss ich den Hügel auf,
den nächsten
der vielen spitzen Hügel am Meer,
und ging hinein
und hatte eine Wohnung
bei den Wurzeln
der Blumen.

estendiam-se sobre o campo
e atiravam longas sombras
ao pôr do sol.
Bem lá embaixo no caminho
ardiam três papoulas vermelhas
junto a uma oliveira.

Deitei minha cabeça
sobre a máquina de escrever
e olhei na direção do céu,
e as ligeiras andorinhas
como lançadeiras
teciam-me um telhado,
um telhado transparente
em tiras de nada azul claro
acima de minha cabeça.

Mas como a noite chegou
com sua orquestra de sapos
– a figueira no vale
há muito se afogara em verdes talos –
a pedra me deu uma
margaridinha amarela
como chave de casa.

Com ela abri a colina,
a primeira
das muitas falésias à beira mar,
e entrei nela
e passei a residir
junto às raízes das flores.

DIE HEILIGEN

Die Heiligen in den Kapellen
wollen begraben werden, ganz nackt,
im Särgen aus Kistenholz
und wo niemand sie findet:
in einem Weizenfeld
oder bei einem Apfelbaum
dem sie blühen helfen
als ein Krumen Erde.
Die reichen Gewänder, das Gold und die Perlen,
alle Geschenke der fordernden Geber,
lassen sie in den Sakristeien,
das Los, das verlieren wird, unter dem Sockel.
Sie wollen ihre Schädel und Finger einsammeln
und aus den Glaskästen nehmen
und sie von den Papierrosen ohne Herbst
und den gefassten Steinen
zu den welken Blumenblättern bringen
und zu den Kieseln am Fluss.

Sie verstehen zu leiden,
das haben sie bewiesen.
Sie haben für einen Augenblick
ihr eigenes Schwergewicht überwunden.
Das Leid trieb sie hoch,
als ihr Herz den Körper verzehrte.
Sie stiegen wie Ballons, federleicht,
und lagen in der Schwebe auf ihrem wehen Atem
als sei er eine Pritsche.
Deshalb lächeln sie jetzt,
wenn sie an Feiertagen

OS SANTOS

Os santos nas capelas
querem ser sepultados, nus,
em féretros de caixotes de madeira
e onde ninguém possa encontrá-los:
em um campo de trigo
ou junto a uma macieira
que ajudem a florescer
como uma migalha de terra.
As ricas roupagens, o ouro, as pérolas,
todas as oferendas dos demandantes doadores,
deixam nas sacristias,
a loteria, que será perdida, sob o pedestal.
Querem juntar seus crânios e dedos
e retirá-los das caixas de vidro
e dos papéis rosa sem outono
e das pedras engastadas e levá-los
para junto das folhas murchas das flores
e dos seixos à margem do rio.

Eles entendem de sofrer,
já provaram isso.
Já venceram por um instante
o seu próprio peso.
Até o alto os impeliu a dor
quando seu coração devorou o corpo.
Subiram como balões, com leveza de pena
e ficaram deitados na suspensão
sobre o próprio dolorido sopro
como se ele fosse um catre.
Por isso agora sorriem,

auf schweren geschmückten Podesten
auf den Schultern von achtzig Gläubigen
(denen man das Brot zur Stärkung voranträgt)
in Baumhöhe durch die Strasse ziehn.

Doch sie sind müde
auf den Podesten zu stehn
und uns anzuhören.
Sie sind wund vom Willen zu helfen,
wund, Rammbock vor dem Beter zu sein,
der erschrickt
wenn das Gebet ihm gewährt wird,
weil Annehmen
so viel schwerer ist als Bitten
und weil jeder die Gabe nur sieht
die auf dem erwarteten Teller gereicht wird.
Weil jeder doch immer von Neuem
in den eigenen Schatten tritt,
der ihn schmerzt.
Sie sehen den unsichtbaren Kreis
um den Ziehbrunnen,
in dem wir uns drehn
wie in einem Gefängnis.
Jeder will den Quell
in dem eigenen Grundstück,
keiner mag in den Wald gehn.
Der Bruder wird nie
das Feuer wie Abel richten
und doch immer gekränkt sein.

Sie sehen uns wieder und wieder
aneinander vorbeigehn

quando em dias santos
sobre os pesados andores enfeitados
aos ombros de oitenta crentes
(aos quais se leva o pão que fortalece)
são puxados pelas ruas tão altos como árvores.

No entanto estão exaustos
de ficar de pé sobre os andores
e de nos escutar.
Estão feridos pelo desejo de ajudar
feridos por serem o aríete à frente do que ora
sempre atônito,
se sua prece é atendida,
pois o aceitar
pode ser tão mais difícil do que o pedir
e cada um só sabe ver a dádiva
sobre o prato em que se esperava vê-la alcançada.
Porque cada um ingressa de novo
na própria sombra,
de onde procede sua dor.
Eles veem a roda invisível
em torno do poço com a roldana,
no qual giramos
como se em uma prisão.
Todos querem a fonte
em sua própria gleba,
ninguém quer ir à floresta.
O irmão jamais fará
o fogo como Abel
para continuar a ser atacado.

Eles nos veem de novo e de novo
passando uns após os outros

die Minute versäumend.
Wir halten die Augen gesenkt.
Wir hören den Ruf,
aber wir heben sie nicht.
Erst danach.
Es macht müde zu sehn
wie wir uns umdrehn
und weinen.
Immer wieder
uns umdrehen und weinen.
Und die Bitten zu hören
um das gestern Gewährte.
Nachts wenn wir nicht schlafen können
in den Betten, in die wir uns legen.
Sie sind müde
Vikare des Unmöglichen auf Erden
zu sein, des gestern Möglichen.
Sie möchten Brennholz
in einem Herdfeuer sein
und die Milch der Kinder wärmen
wie der silberne Stamm einer Ulme.

Sie sind müde, aber si bleiben,
der Kinder wegen.
Sie behalten den goldenen Reif auf dem Kopf,
den goldenen Reif,
der wichtiger ist als die Milch.
Denn wir essen Brot,
aber wir leben von Glanz.
Wenn die Lichter angehn
vor dem Gold,
zerlaufen die Herzen der Kinder
und beginnen zu leuchten

desperdiçando os minutos.
Nós mantemos baixos os olhos.
Nós escutamos o chamado,
mas não os levantamos.
Só depois.
É cansativo ver
como nos voltamos
e choramos.
Sempre de novo nos voltar e chorar.
E ouvir os pedidos
ontem já atendidos.
À noite se não conseguimos dormir
nas camas nas quais nos deitamos.
Eles estão cansados de ser na terra os vigários
do impossível, do ontem possível.
Querem ser lenha
em um fogão
e esquentar o leite das crianças
como o tronco prateado de um ulmeiro.

Estão cansados, mas resolvem
ficar pelas crianças.
Conservam nas cabeças o arco dourado,
o arco dourado,
mais importante que o leite.
Pois comemos pão,
mas vivemos do brilho.
Quando as luzes se acendem
defronte ao ouro
derretem-se os corações das crianças
e começam a luzir

vor den Altären.
Und darum gehen sie nicht:
damit es eine Tür gibt,
eine schwere Tür
für Kinderhände,
hinter der das Wunder
angefasst werden kann.

diante dos altares.
Por isso é que não se vão:
para que haja uma porta,
uma porta pesada
para mãos de crianças,
atrás da qual se possa
agarrar o milagre.

ICH LADE DICH EIN

Liebster, ich lade dich ein,
komm in das Haus unserer Wünsche
und häng deinen Hut an die Wand,
den Hut mit dem kleinen Schussloch.
Denn ich habe das Haus
ganz nach deinem Befehle gebaut.
Es ist alles darin, was wir brauchen.
Der blaue Himmel der Tropen,
die leichte Luft von Madrid,
doch ohne den lästigen Wind, der
dir die Papiere zersaust.
Die Zimmer sind im gobelinweichen Grün
der Hänge von Heidelberg gestrichen.
Ich geb dir die alte Brücke als Bett
mit einer Kautschukmatraze darauf.
Es riecht nach den Glyzinien
der Via Monte Tarpeo,
Marc Aurel ist wieder unser Portier.
Des Abends vergoldet die Sonne den Tiber,
dann singt uns die Nachtigall am Palatin.
Danach gehen wir in die Kammerspiele,
in die Scala oder Old Vic,
oder sehn den grossen Barrault,
ob Paris ihn gerade mag oder nicht.
Du hast immer Zeit,
und es fällt dir was ein, wenn du Zeit hast.
(Die Schreibemaschine kopiert von allein,
völlig geräuschlos, versteht sich.)
Und was du schreibst,
wird im ersten Monat gedruckt

EU TE CONVIDO

Amor, eu te convido,
vem para a casa de nossos sonhos
e pendura na parede o chapéu
o chapéu com o pequeno furo de bala.
Pois eu construí a casa
segundo teus desígnios.
Dentro tem tudo que é preciso.
O céu azul dos trópicos,
o ar leve de Madri,
e sem o vento chato que
espalha teus papeis.
O quarto em verde claro gobelin
das encostas de Heidelberg.
Te dou a velha ponte como cama
coberta com um colchão de espuma.
A casa rescende a glicínias
da Via Monte Tarpeo,
Marco Aurélio é de novo nosso porteiro.
O sol poente doura o Tibre
então canta o Rouxinol no Palatino.
Em seguida vamos a um concerto,
no Scala ou Old Vic,
ou vemos o grande Barrault,
goste dele Paris ou não.
Você tem sempre tempo
e uma ideia aparece, se você tem tempo.
(A máquina de escrever funciona sozinha,
em completo silêncio, é claro)
E o que você escreve
no mês seguinte é impresso

und sofort darauf rezensiert
und geffällt dir und den andern, und das mit Recht,
denn es ist bahnbrechend, einfach und gut
und zur richtigen Stunde gesagt. –
Und für die Flauten schreibt Händel
die neue Concerti Grossi,
weil du die alten schon kennst,
und der tote Busch dirigiert.
Dann isst du gebratene Enten
und Frühlingssalat aus Florenz.
Wir spülen nie. Die Teller
werfen wir zum Fenster hinaus,
wie in Rom in der Neujahrsnacht.
Sei unbesorgt, sie fallen
niemand auf den Kopf,
denn unten ist keine Strasse.
Deswegen ist's auch so ruhig,
und nichts stört deinen Schlaf
(und morgens bleibt dir nie
ein weisses Haar an der Bürste).
Dabei sind die Oper und das Kino
mit ausgewähltem Programm
gleich um die nächste Ecke,
und dort stehen auch die Museen.
Die frühen Kulturen sind gut vertreten,
die fernöstliche Sammlung ist exquisit,
und ein Wiener Café in der Nähe.
Dort sehen wir rasch die Zeitungen durch,
sie sind, wie immer,
empörend interessant,
nur ist alles viel weiter weg.
Wir lesen mit kopfschüttelndem Entsetzen,
wie die Schwalben vom Himmel fallen

e logo ganha resenhas
e agrada a ti e aos demais, e com toda razão,
pois é inovador, simples e bom
e chega no momento certo. –
E para as flautas Handel escreve
novos Concerti Grossi,
só porque você já conhece os antigos
e os rege o falecido Busch.
Então você come pato assado
com salada primavera de Florença.
Nunca lavamos louça. Os pratos
lançamos pela janela,
como em Roma na noite de Ano Novo.
Não se preocupe, eles não caem
sobre a cabeça de ninguém
pois lá embaixo nenhuma rua passa.
E é por isso que temos silêncio
e nada vem atrapalhar teu sono
(e de manhã não se acha
em tua escova um único fio branco).
Além de tudo tem a ópera e o
cinema na próxima esquina
com a melhor programação
sem contar também os museus.
As culturas antigas estão bem representadas
a coleção do extremo-oriente é requintada,
nas imediações tem um Wiener Café.
Lá passamos os olhos pelos jornais,
eles despertam, como sempre
nossa atenção e revolta
mas tudo se passa muito longe daqui.
Lemos horrorizados meneando a cabeça
como as andorinhas despencam do céu

nach den Atomexplosionen
auf einer anderen Erde.
Dann gehn wir nachhause, und du schläfst Siesta,
und für mich steht bei der Terrasse ein Baum
mit dem unentbehrlichen grünblauen Muster.
Wir arbeiten viel,
und wir lachen noch mehr,
und wir haben reizende Gäste
– wer käme nicht gern in das Haus? –
denen liest du in allen Sprachen,
am liebsten auf deutsch,
das Geschriebene vor.
Dann fahren wir zusammen zu Martha Graham
oder zum Martha Graham
oder zum Negerballet von Port-au-Prince,
oder machen einen kurzen Mondscheinspaziergang
in den Löwenhof der Alhambra.
Der Briefträger, mein Herz, kommt pünktlich
zum Frühstück,
gleich nach dem blauweissen Gruss
der kleinen Möwen über der See,
und bringt Liebsbriefe von deinem Verleger
und Angebote von Stellen, die du nicht brauchst.
Denn du hast, was du wünschst,
und du tust, was du magst.
Und du tobst nur ganz selten,
damit ich behalte, wie gut du es kannst,
und bist viel geduldiger als sonst.

Liebster, nimm deinen Hut von der Wand,
den Hut mit dem kleinen Schussloch,
und geh auf ein Wohnungsbüro, ich bitt dich,
und sieh,

depois das explosões atômicas
sobre uma outra terra.
Depois vamos para casa, e você faz a siesta,
e para mim ergue-se no terraço uma árvore
com o indispensável padrão verde azulado.
Trabalhamos muito
e rimos mais ainda
e temos hóspedes encantadores
– quem não viria com gosto a esta casa? –
para os quais você lê em todas as línguas,
de preferência em alemão
os seus escritos.
Então vamos juntos ao Marta Graham
ou ao balé negro de Porto-Príncipe,
ou fazemos um curto passeio sob o luar
no Pátio dos Leões em Alhambra.
O carteiro, coração, chega pontualmente
para o desjejum,
logo após a saudação branco azulada
das pequenas gaivotas sobre o mar
e traz cartas de amor do seu editor
e ofertas de trabalho de que você não necessita.
Pois você tem tudo que deseja,
e você faz tudo que quer
e só muito raramente é tomado pela raiva
e com isso recordo o quão bom você pode ser
e você fica mais paciente do que nunca.

Amor, pega o teu chapéu da parede,
o chapéu com o pequeno furo de bala
e vai até a imobiliária, eu te peço
e veja

was sie uns anbieten können.
Sonst stürz ich mich noch aus dem Fenster
Dieses Hauses, das es nicht gibt.

Und das Fenster, glaub mir, ist hoch.

o que dá para arrumar
senão eu me atiro da janela
desta casa, que não existe.

E a janela, acredite-me, é alta demais.

SCHALE IM OFEN

Schale im Ofen,
du wirst gebrannt.
Tränenätzung,
Glasur aus Demut
über den schüchternen
Schimmer von Lächeln.
So wirst du täglich
ein wenig versehrt,
bis Wunsch oder Klage zerschmilzt
und ein Rosenblatt
oder ein Schmetterlingsflügel
fast gröbre Substanz sind.
Vergessene Schale,
auf der Hand, die dich hinhält,
fasst der Regenbogen
Fuss, so natürlich
wie der Anflug der Taube
auf Trafalgar Square.

TIGELA NO FOGO

Tigela no fogo,
queimarás.
Corrosão de lágrimas,
esmalte da humildade
sobre o tímido
fulgor dos sorrisos.
Assim serás a cada
dia um pouco
machucada,
até que se fundam
desejo e lamúria
e que uma folha de rosa
e uma asa de borboleta.
sejam quase só matéria bruta.
Tigela esquecida,
na mão que te estende
o arco-íris se assenta
com tanta simplicidade
quanto a pomba que desce
sobre a Trafalgar Square.

MAKABRER WETTLAUF

Du sprachst vom Schiffe-Verbrennen
– da waren meine schon Asche –,
du träumtest vom Anker-Lichten
– da war ich auf hoher See –,
von Heimat im Neuen Land
– da war ich schon begraben
in der fremden Erde,
und ein Baum mit seltsamem Namen,
ein Baum wie alle Bäume,
wuchs aus mir,
wie aus allen Toten,
gleichgültig, wo.

CORRIDA MACABRA

Tu falas da queima dos navios
– então os meus já eram cinzas –,
Tu sonhas com o levantar âncora
– então eu já estava em alto mar –,
com o lar na Nova Terra
– então eu já estava sepultada –
na terra estrangeira,
e uma árvore de raro nome,
uma árvore como todas as árvores,
cresceu de mim,
como de todos os mortos,
tanto faz
onde.

VADEMECUM

Der Tote ist unser sichrer Verlass.
Er sitzt in uns
in sich gerollt
wie ein geschmeidiges Knäuel
oder ein Embryo,
oder so wie ein kleines Tier,
das man in einer Büchse
mit Luftlöchern
in seine Tasche steckt,
nur viel bequemer.
Er verdrängt keinen Raum
und kostet keine Fahrkarte
und kein Extragepäck
in den transkontinentalen Flügen.
Es ist immer da.
Er beantwortet alle Fragen
und fragt nicht.
Er sieht uns an, wenn wir hinsehn,
und dreht sich um, wenn wir wegsehn,
er verlangt nichts,
er enttäuscht nicht,
und er beklagt sich kaum,
wenn wir ihn einen Tag
oder eine Woche vergessen.
Und wenn wir einsam sind
und ihn anstrahlen,
leuchtet er Wärme zurück
wie ein Radiator aus Nickel.
Der Tote lügt nicht
und wird nicht belogen

VADEMECUM

É no morto que se pode confiar.
Ele mora na gente
todo enrolado
como um flexível novelo
ou um embrião,
ou um pequeno animal,
que se mete no bolso,
numa caixa
com furinhos para o ar
apenas bem mais confortável.
Não requer mais espaço
não custa um bilhete
e bagagem extra
em voos transcontinentais.
Sempre está aí.
Responde a qualquer pergunta
e jamais pergunta.
Olha nossa cara se encaramos,
e se vira de volta se vamos embora,
não reivindica nada,
não decepciona ninguém,
e mal reclama,
se o esquecemos por um dia
ou por uma semana.
E se estamos
a sós e o iluminamos,
nos devolve calor
como um radiador de níquel.
O morto não ilude
e não é logrado

und nimmt nicht teil
an den Kompromissen.
Er ist nicht Verkäufer
noch Ware
in den Ausverkäufen der Angst.
Bis du die Hand,
bist du der Arm,
bist du das Herz
eines andern Lebenden,
stirbt schnell.
Dem Toten ist Ganzheit erlaubt.
Beeile dich ein Toter zu sein,
dem Toten
wird das Versprechen gehalten.

e não toma parte
nos compromissos.
Não é mercador
nem mercadoria
na queima total do medo.
Se és a mão,
se és o braço,
se és o coração
de um outro vivente,
trata logo de morrer.
Ao morto tudo é permitido.
Apressa-te a ser um morto,
para o morto é que
se mantém
a promessa.

ESKIMOVOGEL

Oft,
wenn ich einschlafe,
fühle ich unter mir
den schwankenden Abflug
des grossen Eskimovogels,
der wie ein zögerndes Flugzeug
seinen Kurs sucht.

Ich liege auf seinem Rücken
zwischen den Flügeln,
aber du,
ein vielgestaltiges Tier,
sitzt auf dem Schwanz des Vogels
und fliegt mit,
über mich gebeugt,
und mein Atem
entkommt dir nicht.

PÁSSARO ESQUIMÓ

Tantas
vezes se adormeço,
sinto sob mim
o voo oscilante
do grande pássaro esquimó,
à procura de seu rumo
como um avião hesitante.

Eu estou deitada em seu dorso
no espaço entre as asas,
mas você,
um animal de muitas faces,
senta-se na cauda do pássaro
e voa também,
dobrado sobre mim,
e meu fôlego
não foge de ti.

NUR EINE ROSE ALS STÜTZE

Ich richte mir ein Zimmer in der Luft
unter den Akrobaten und Vögeln:
mein Bett auf dem Trapez des Gefühls
wie ein Nest im Wind
auf der äussersten Spitze des Zweigs.

Ich kaufe mir eine Decke aus der zartesten Wolle
der sanftgescheitelten Schafe die
im Mondlicht
wie schimmernde Wolken
über die feste Erde ziehn.

Ich schliesse die Augen und hülle mich ein
in das Vlies der verlässlichen Tiere.
Ich will den Sand unter den kleinen Hufen spüren
und das Klicken des Riegels hören,
der die Stalltür am Abend schliesst.

Aber ich liege im Volgelfedern, hoch ins Leere gewiegt.
Mir schwindelt. Ich schlafe nicht ein.
Meine Hand
greif nach einem Halt und findet
nur eine Rose als Stütze.

SÓ UMA ROSA COMO ARRIMO

Arrumo para mim um quarto no ar
sob os acrobatas e os pássaros:
minha cama no trapézio do sentir
como um ninho no vento
na ponta mais extrema do galho.

Compro um cobertor da mais tenra lã
de ovelhas ternamente tosquiadas
que à luz da lua
como nuvens cintilantes
passam sobre terra firme.

Fecho os olhos e envolvo-me
no tosão dos confiáveis animais.
Quero sentir a areia sob os pequenos cascos
e escutar o clique dos ferrolhos,
que de noite trancam os estábulos.

Mas deito-me nas penas do pássaro, bem alto no vazio embalada.
Fico tonta. Não durmo.
Minha mão
busca um apoio e encontra
só uma rosa como arrimo.

TREULOSE KAHNFAHRT

Aber der Traum ist ein Kahn
zu dem falschen Ufer.
Du steigst ein
an dem schimmernden Holzsteg des Gestern.
Du bist eingeladen
zu einer Fahrt über rosa Wolken
unter rosa Wolken,
wolkengleich.

Ein Hauch der Luft
du bist so leicht,
der Kahn so steuerlos,
das Wasser so spiegelglatt.
So sanft verlierst du die Richtung:
du bist noch unterwegs nach der Wiese im Licht,
wenn der Sand schon unter dem Kiel knirscht
im Schatten der Weiden.

VIAGEM TEMERÁRIA

Mas o sonho é uma canoa
para uma falsa margem.
Embarcas
pelo deque cintilante do ontem.
Foste convidado
a viajar sobre nuvens rosas
sob nuvens rosas,
semelhante a nuvens.

Um sopro de ar
és tão leve,
a canoa tão solta,
a água tão espelhada.
Com pouco perdes a direção:
rumas ainda para os campos na luz,
e a areia já range sob o casco
à sombra dos salgueiros.

DAS GOLDENE SEIL

Nichts ist so flüchtig
wie die Begegnung.

Wir spielen wie Kinder,
wir laden uns ein und aus
als hätten wir ewig Zeit.
Wir scherzen mit dem Abschied,
wir sammeln noch Tränen wie Klicker
und versuchen ob die Messer schneiden.
Da wird schon der Name
Gerufen.
Da ist schon die Pause
vorbei.

Wir halten
uns bange fest
an dem goldenen Seil
und widerstreben dem Aufbruch.
Aber es reisst.
Wir treiben hinaus:
hinweg aus der gleichen Stadt,
hinweg aus der gleichen Welt,
unter die gleiche,
die alles vermengende
Erde.

A CORDA DOURADA

Nada tão fugidio
como o encontro.

Brincamos como crianças,
nos convidamos e voltamos atrás
como se fosse eterno nosso tempo.
Gracejamos com a despedida,
juntamos ainda lágrimas como bolas de gude
e tentamos ver se as facas ainda cortam.
Aí o nome já é
chamado.
Aí o recreio já
foi embora.

Ficamos dependurados
cheios de medo
na corda dourada
e resistimos à separação.
Mas ela se parte.
E derivamos:
longe da mesma cidade,
longe do mesmo mundo,
sob a mesma
terra
que tudo amalgama.

BITTERSÜSSER MANDELBAUM

Die Zweige müssen die Blüten verlieren,
damit die Bäume grünen:
das Rosa und das Weiss
der süssen und bitteren Mandel
mischt sich am Boden.

War das Süsse ins Bittre
oder das Bittre ins Süsse gepfropft?
Alle Blütten sind voller Honig,
leichte Schmetterlingswiegen,
alles Blühen ist süss.

Doch wenn erst das Laub
die doppelte Krone vereint,
unter dem blauesten Himmel,
im sanftesten Wind,
wird dann das Bittere bitter.

DOCEAMARA AMENDOEIRA

Os galhos devem perder as flores,
só assim as árvores vicejam:
o rosa e o branco da
doce e amarga amendoeira
miscigenam-se no chão.

A doce enxertou-se na amarga
ou a amarga na doce?
Todas as flores estão cheias de mel,
leves berços de borboletas,
todo florescer é doce.

Mas só quando a folhagem
une a dupla coroa,
no mais azul de todos os céus
no vento o mais brando de todos,
é que vem a ser a amarga amarga.

DIE SCHWERSTEN WEGE

Für R. H.

Die schwersten Wege
werden alleine gegangen,
die Enttäuschung, der Verlust,
das Opfer,
sind einsam.
Selbst der Tote der jedem Ruf antwortet
und sich keiner Bitte versagt
steht uns nicht bei
und sieht zu
ob wir es vermögen.
Die Hände der Lebenden die sich austrecken
ohne uns zu erreichen
sind wie Äste der Bäume im Winter.
Alle Vögel schweigen.
Man hört nur den eigenen Schritt
und den Schritt den der Fuss
noch nicht gegangen ist aber gehen wird.
Stehenbleiben und sich Umdrehn
hilft nicht. Es muss
gegangen sein.

Nimm eine Kerze in die Hand
Wie in den Katakomben,
das kleine Licht atmet kaum.
Und doch, wenn du lange gagangen bist,
bleibt das Wunder nicht aus,
weil das Wunder immer geschiet,
und weil wir ohne die Gnade

OS CAMINHOS MAIS ACIDENTADOS

Para R. H.

Os caminhos mais acidentados
são trilhados a sós,
a desilusão, a perda,
o sacrifício,
são solitários.
Nem o morto que responde a qualquer chamado
e não recusa nenhum pedido
está ao nosso lado
e apenas observa
se seremos capazes.
As mãos dos vivos que se estendem
sem nos alcançar
são como os galhos das árvores no inverno.
Todos os pássaros se calam.
Ouve-se apenas o próprio passo
e o passo que o pé ainda
não chegou a dar, mas ainda será dado.
Ficar parado, ou dar meia volta
não ajuda em nada. É preciso
ter andado.

Toma na mão uma vela
como nas catacumbas
a pequena chama mal respira.
E mesmo que já tenhas andado tanto
não quer dizer que não virá o milagre
porque sempre se dá o milagre
porque sem a graça

nicht leben können:
die Kerze wird hell vom freien Atem des Tags,
du blässt sie lächelnd aus
wenn du in die Sonne trittst
und unter den blühenden Gärten
die Stadt vor dir liegt,
und in deinem Hause
dir der Tisch weiss gedeckt ist.
Und die verlierbaren Lebenden
und die unverlierbaren Toten
dir das Brot brechen und den Wein reichen –
und du ihre Stimmen wieder hörst
ganz nahe
bei deinem Herzen.

não se pode viver:
a vela fica clara no livre sopro do dia,
sorrindo tu a apagas
quando ingressas no sol
e sob os jardins em flor
a cidade está diante de ti,
e em tua casa
a mesa com a toalha branca está posta.
E os vivos que podem ser perdidos
e os mortos que nunca serão perdidos
partem para ti o pão e te estendem o vinho –
e voltas a ouvir suas vozes
bem próximas
junto ao teu coração.

HERBST

Das Haus der Vögel entlaubt sich.
Wir haben Angst vor dem Herbst.
Manche von uns
malen den Toten das Gesicht
wenn sie fortziehen.
Denn wir fürchten den Winter.

Eine alte Frau, die vor uns stand,
war unser Windschutz,
unser Julilaub,
unsere Mutter,
deren Tod
uns
entblösst.

OUTONO

A casa dos pássaros se desfolhou.
Temos medo diante do outono.
Alguns de nós
pintam a face dos mortos
quando estão de partida.
Pois tememos o inverno.

Uma velha diante de nós,
era nosso anteparo contra o vento,
nossa folhagem de julho,
nossa mãe,
cuja morte
nos
despe.

AUF WOLKENBÜRGSCHAFT

Für Sabka

Ich habe Heimweh nach einem Land
in dem ich niemals war,
wo alle Bäume und Blumen
mich kennen,
in das ich niemals geh,
doch wo sich die Wolken
meiner
genau erinnern,
ein Fremder, der sich
in keinem Zuhause
ausweinen kann.

Ich fahre
nach Inseln ohne Hafen,
ich werfe die Schlüssel ins Meer
gleich bei der Ausfahrt.
Ich komme nirgends an.
Meine Segel ist wie ein Spinnweb im Wind,
aber es reisst nicht.
Und jenseits des Horizonts,
wo die grossen Vögel
am Ende ihres Flugs
die Schwingen in der Sonne trocknen,
liegt ein Erteil
wo sie mich aufnehmen müssen,
ohne Pass,
auf Wolkenbürgschaft.

SOB A CHANCELA DAS NUVENS

Para Sabka

Sofro com saudades de uma terra
em que nunca estive,
onde todas as árvores e flores
me conhecem
para onde nunca irei
mas em que as nuvens
lembram-se bem
de mim
estrangeira sem um lar
onde cair
em prantos.

Navego
para ilhas sem portos,
atiro já na partida
as chaves ao mar.
Chego a nenhures.
Minha vela é como teia de aranha ao vento,
sem jamais se esgarçar.
E depois do horizonte,
onde os grandes pássaros
ao fim de seu voo
secam no sol suas asas
há um continente
onde terão de me acolher
sem passaporte
sob a chancela das nuvens.

„VOGEL KLAGE“

Ein Vogel ohne Füsse ist die Klage,
kein Ast, keine Hand, kein Nest.

Ein Vogel der sich wundfliegt
im Engen,
ein Vogel der sich verliert
im Weiten,
ein Vogel der ertrinkt
im Meer.
Ein Vogel
der ein Vogel ist,
der ein Stein ist,
der schreit.

Ein stummer Vogel,
den niemand hört.

“PÁSSARO LAMENTO”

Um pássaro sem pés é o lamento,
nenhum galho, mão, ninho.

Um pássaro que se fere no voo
na estreiteza,
um pássaro que se perde
no aberto,
um pássaro que se afoga
no mar.
Um pássaro
que é um pássaro,
que é uma pedra,
que grita.

Um pássaro mudo,
que ninguém ouve.

RUFE NICHT

Lege den Finger auf den Mund.
Rufe nicht.
Bleibe stehen
am Wegrand.
Vielleicht solltest du dich hinlegen
in den Staub.
Dann siehst du in den Himmel
und bist eins mit der Strasse,
und wer sich umdreht nach dir
kann gehen als lasse er niemand zurück.
Es geht sich leichter fort,
wenn du liegst als wenn du stehst,
wenn du schweigst als wenn du rufst.
Sieh die Wolken ziehn.
Sei bescheiden, halte nichts fest.
Sie lösen sich auf.
Auch du bist sehr leicht.
Auch du wirst nichts dauern.
Es lohnt sich nicht Angst zu haben
vor Verlassenheit,
wenn schon der Wind steigt
der die Wolke
verweht

NÃO CHAMA

Põe o dedo sobre os lábios.
Não chama.
Fica parada
à beira do caminho.
Talvez devas deitar-te
na poeira.
Assim ficarás olhando o céu
e serás uma só com a estrada,
e quem se voltar para ti
poderá seguir como se não deixasse
ninguém para trás.
É bem mais fácil ir adiante,
estejas de pé ou deitada,
estejas em silêncio ou chames.
Olha as nuvens que passam.
Sê como elas modesta, não retém nada.
Elas se dissolvem.
Também és tão leve.
Também não irás durar.
Contra o abandono
de nada serve o medo
quando já se ergue o vento
o vento que varre
as nuvens

MIT MEINEM SCHATTEN

Ich gehe mit meinem Schatten,
nur von dem Schatten begleitet,
alleine mit ihm,
über graslose Wiesen.

Ich immer blässer,
er immer länger.
Er führt mich,
ich lasse mich führen.

Die kahlen Birken am Weg,
glatte weisse Finger,
kennen das Ziel
besser als ich.

COM MINHA SOMBRA

Sigo com minha sombra,
só da sombra acompanhada,
sozinha com ela,
no campo desnudo.

Eu sempre mais pálida,
ela sempre mais longa.
Ela me conduz,
eu me deixo conduzir.

As bétulas nuas no caminho,
dedos lisos brancos,
conhecem o destino
melhor do que eu.

ES KOMMEN KEINE NACH UNS

Es kommen keine nach uns,
die es erzählen werden,
keine, die was wir
ungetan liessen,
in die Hand nehmen und zu Ende tun.

Wir stehen auf einem Stück Land,
das schon abgetrennt ist.
Unsere Schatten fallen
ins Leere.
Kein Spiegel ist aufgestellt,
der unser Bild bewahrt,
keine Folge von Spiegeln mehr,
wenn wir weggegangen sind.
Die Bilder
derer, die vor uns waren
und die Luft in unserer Lunge sind,
die mit unserem Mund gelacht,
die mit unseren Augen geweint haben,
sie werden Staub
mit uns.

So wie wir dahingehn
sind wenige dahingegangen.
Es ist gleichgültig
was wir schreiben oder sagen,
ausser für dich oder für mich.
Nichts was wir tun
ist eine Saat die nach uns aufgeht.
Wir sind ganz für den Tag gemacht,

DEPOIS DE NÓS NINGUÉM MAIS VEM

Depois de nós ninguém mais vem
para contar
ninguém mais para tomar nas mãos
e levar a cabo
o que deixamos inacabado.

Estamos nesta porção de terra,
que já foi apartada.
Nossas sombras despencam
no nada.
Nenhum espelho foi erguido,
para guardar a nossa imagem
nenhuma sucessão de espelhos
quando já tivermos partido.
As imagens
dos que vieram antes de nós
e são o ar em nossos pulmões,
que riram com nossa boca,
que choraram com nossos olhos,
conosco
serão pó.

Como passamos
tão poucos passaram.
Não faz diferença
o que escrevemos ou dizemos,
exceto para mim ou para você.
Nada do que fazemos
é um canteiro que depois desabrocha.
Fomos feitos só para o dia

nur für diesen, den unsern.
Die kommenden Tage,
die Tage hinter dem Horizont,
gehören Menschen die anders sein werden.
Unser Frühling ist dieser Frühling,
unser Sommer ist dieser Sommer,
und unser Herbst dieser Herbst.

Wenn wir uns umdrehn
und sehen, dass wir die Letzten sind,
die Kinder und Kindeskinder derer die waren,
die Väter und Mütter
von niemand,
dass wir am Rande stehn,
auf einer Scholle fast,
die bald treiben wird.

Dann müssem wir
mehr als die andern
den Boden unter den Füssen fühlen
während wir gehen,
diesen kurzen Boden
von Morgen zu Abend.
Wir müssen dünne Sohlen tragen
oder barfuss gehen.
Was wir berühren,
mit leichtem Finger berühren,
mit wachen Fingerspitzen.
Nichts achtlos.

Jedes Mal ist das letzte
oder könnte es sein.
Wir tun es für alle, die vor uns waren,

apenas para esse, o nosso.
Os dias vindouros
os dias atrás do horizonte
pertencem a pessoas que serão outras.
Nossa primavera é esta primavera,
nosso verão este verão,
e nosso outono este outono.

Quando nos voltamos
e vemos que somos os derradeiros,
as crianças e as crianças das crianças dos que eram,
os pais e mães
de ninguém,
que estamos na borda,
quase sobre uma gleba
prestes a ser carregada.

Então precisamos
mais do que os outros
sentir o solo sob nossos pés
enquanto andamos,
esse parco solo
do agora para o amanhã.
Precisamos calçar solas finas
ou andar descalços.
O que tocamos
tocar com dedos leves,
com a ponta desperta dos dedos.
Nunca desatentos.

Cada vez é a última
ou pode vir a ser.
Nós agimos pelos que vieram antes

und für alle, die nach uns
es nicht tun
oder ganz anders.
Wir wollen nichts liegen lassen,
halbgetan,
und die Gläser nicht halbgeleert
auf unserm Tisch den Gespenstern lassen.
Wir müssen genau sein
in der Minute des Flügelschlags.
Unser Gesicht nackt
ohne den Firnis
derer, die Zeit haben
sich zu gewöhnen und zu entwöhnen.
Wenn um unsre Balkone das Wasser steigt,
die Spitzen der Bäume
noch sichtbar unter den Sternen,
wenn unsre Häuser auf den Bergen,
in denen noch Licht ist,
sich bewegen
und davonfahrn
als seien es Archen,
dann müssen wir bereit sein
– wie einer der aus dem Fenster springt –
die grosse Frage zu fragen
und die grosse Antwort zu hören.

e por todos que virão depois
e não agem
ou agem de outro modo.
Não queremos deixar
nada inacabado
ou deixar sobre a mesa
um copo pela metade
para os fantasmas.
Precisamos ser exatos
no instante do bater as asas.
Nosso rosto desnudo
sem o verniz
dos que ainda têm tempo
para se apegar e para largar.
Quando a água sobe até nossas sacadas,
as pontas das árvores
são ainda visíveis sob as estrelas,
quando nossas casas nas montanhas,
que ainda estão iluminadas,
se põem em movimento
e daí partem
como arcas,
então devemos estar prontos
– como quem se atira da janela –
para fazer a grande pergunta
e ouvir a grande resposta.

UNTERRICHT

Jeder der geht
belehrt uns ein wenig
über uns selber.
Kostbarster Unterricht
an den Sterbebetten.
Alle Spiegel so klar
wie ein See nach grossem Regen,
ehe der dunstige Tag
die Bilder wieder verwischt.

Nur einmal sterben sie für uns,
nie wieder.
Was wüssten wir je
ohne sie?
Ohne die sicheren Waagen
auf die wir gelegt sind
wenn wir verlassen werden.
Diese Waagen ohne die nichts
sein Gewicht hat.

Wir, deren Worte sich verfehlen,
wir vergessen es.
Und sie?
Sie können die Lehre
nicht wiederholen.

Dein Tod oder meiner
der nächste Unterricht:
so hell, so deutlich,
dass es gleich dunkel wird.

AULA

Cada um que parte
nos instrui um pouco
sobre nós próprios.
Aulas, as mais caras,
nos leitos de morte.
Todos os espelhos tão claros
como um mar após chuva forte,
antes que o dia enevoado
apague de novo a imagem.

Só uma vez morrem por nós,
não mais.
O que saberíamos
afinal sem eles?
Sem as precisas balanças
sobre as quais fomos postos
assim que nos deixaram?
Estas balanças sem as quais nada
tem seu peso próprio.

Nós, cujas palavras falham,
esquecemos isso.
E eles?
Não podem
repetir a lição.

Tua morte ou a minha
a próxima aula:
tão simples, tão clara,
que já retorna a escuridão.

HERBSTAUGEN

Presse dich eng
an den Boden.

Die Erde
riecht noch nach Sommer,
und der Körper
riecht noch nach Liebe.

Aber das Gras
ist schon gelb über dir.
Der Wind ist kalt
und voll Distelsamen.

Und der Traum, der dir nachstellt,
schattenfüssig,
dein Traum
hat Herbstaugen.

OLHOS DE OUTONO

Fique bem
colado ao chão.

A terra
rescende ainda a verão,
e o corpo
ainda ao amor.

Mas as gramíneas
sobre ti já estão amarelas.
O vento frio
é só semente de cardo.

E o sonho, em teu encalço,
com pés de sombra,
teu sonho
tem olhos de outono.

NACHMITTAG AM GUADALQUIVIR

Aber das Glück.

Mach ein Kreuz auf den Boden:
Hier war ich glücklich.
Aus gar keinem Grund,
wie man glücklig ist, ohne Gründe.
Nachmittag am Guadalquivir,
die Brücke voll Sonne,
du selber tanzende Luft,
nichts Festes.

Du steigst nicht auf.
Das Glück ist kein Flugzeug,
hat keinen Fahrplan,
keinen Lufthafen.
Ein grösser Vogel,
der einen kleinen
auf seine Fittiche nimmt.
Irgendwo.
Du hast an der falschen Stelle gewartet.

Das Kennwort für die Abfahrt
war dies Jahr anders.
Vielleicht eine Wolke in einer Wasserlache,
eine Lokomotive
mit einem Blumenstrauss an der Brust.
(Weil der Heizer Geburtstag hat,
grüsst dich der Zug
mit einem gelben Bukett.)

TARDE NO GUADALQUIVIR

Mas a felicidade.

Risca no chão uma cruz:
Aqui fui feliz.
Sem motivo algum,
como se é feliz sem qualquer motivo.
Tarde no Guadalquivir,
as pontes puro sol,
tu mesmo ar dançarino,
nada de firme.

Tu não sobes.
A felicidade não é um avião,
não possui quadro de horários,
aeroporto.
Um grande pássaro,
que abriga um pequeno
sob suas asas.
Em qualquer parte.
Esperaste no lugar errado.

A senha para a partida
esse ano era outra.
Talvez uma nuvem numa poça d'água,
uma locomotiva
com um ramo de flores no peito.
(Porque o foguista faz aniversário
o trem te saúda
com um buquê amarelo.)

Es war unnütz,
Fussstapfen auf den Boden zu zeichnen
in frische Farbe
oder in feuchten Zement
und den Fuss in den Abdruck zu passen.
Die Spur eines Toten,
Jahrhunderte tot,
ist dir nicht fremder.

Era inútil,
marcar no chão as pegadas
com tinta fresca
ou cimento molhado
e ajustar o pé na impressão.
O rastro de um morto
há séculos morto,
não te é mais estrangeiro.

ABZÄHLEN DER REGENTROPFENSCHNUR

Ich zähle die Regentropfen an den Zweigen,
sie glänzen, aber sie fallen nicht,
schimmernde Schnüre von Tropfen
an den kahlen Zweigen.
Die Wiese sieht mich an
mit grossen Augen aus Wasser.
Die goldgrünen Weidenkätzchen
haben ein triefendes Fell.
Keine Biene besucht sie.
Ich will sie einladen
sich an meinem Ofen zu trocknen.

Ich sitze auf einem Berg
und habe alles,
das Dach und die Wände,
das Bett und den Tisch,
den heissen Regen im Badezimmer
und den Ofen mit löwenfarbener Mähne,
der atmet wie ein Tier
oder ein Mitmensch.
Und die Postfrau
die den Brief bringen würde
auf meinen Berg.

Aber die Weidenkätzchen
treten nicht ein
und der Brief kommt nicht,
denn die Regentropfen
wollen sich nicht zählen lassen.

CONTAGEM DAS GOTAS DE CHUVA

Eu conto as gotas de chuva nos galhos,
elas brilham e não caem,
cintilantes cordões de gotas
nos galhos desfolhados.
O campo me encara
com grandes olhos de água.
Os amentilhos verde-dourados
têm um pelo encharcado.
As abelhas não vêm visitá-los.
Quero convidá-los
para se secarem em meu fogão.

Sento-me em uma montanha
e tenho tudo,
o teto e as paredes,
a cama e a mesa,
a chuva quente no banheiro
e o fogo na cor do pelo do leão
a respirar como um animal
ou um semelhante.
E o correio
que iria entregar as cartas
em minha montanha.

Mas os amentilhos
não querem entrar
e a carta nunca chega,
pois as gotas de chuva
não querem se deixar contar.

WINTER

Die Vögel, schwarze Früchte
in den kahlen Ästen.
Die Bäume spielen Verstecken mit mir,
ich gehe wie unter Leuten
die ihre Gedanken verbergen
und bitte die dunklen Zweige
um ihre Namen.

Ich glaube, dass sie blühen werden
– innen ist grün –
dass du mich liebst
und es verschweigst.

INVERNO

Os pássaros, frutos negros
em galhos desfolhados.
As árvores brincam comigo de esconder,
caminho como se entre pessoas
que ocultam seu pensar
e pergunto aos ramos escuros
por seus nomes.

Creio que podem vicejar
– dentro é verde –
que tu me amas
e guardas segredo.

MAGERE KOST

Ich lege mich hin,
ich esse nicht und ich schlafe nicht,
ich gebe meinen Blumen
kein Wasser.
Es lohnt nicht den Finger zu heben.
Ich erwarte nichts.

Deine Stimme, die mich umarmt hat,
es ist viele Tage her,
ich habe jeden Tag
ein kleines Stück von ihr gegessen,
ich habe viele Tage
von ihr gelebt.
Bescheiden wie die Tiere der Armen
die am Wegrand
die sch¨tteren Halme zupfen
und denen nichts gestreut wird.

So wenig, so viel
Wie die Stimme,
die mich in den Arm nimmt,
muss du mir lassen.
Ich atme nicht
ohne die Stimme.

MÍSERA REFEIÇÃO

Deito-me,
não como nem durmo,
não dispenso às minhas flores
uma só gota d'água.
Não há por que mexer um dedo.
Nunca espero nada.

Tua voz, que me pegava nos braços,
tantos dias já se passaram,
a cada dia comi dela um naco
por dias e dias dela vivi.
Humilde como os animais dos pobres
que na beira da estrada
mordiscam aqui e ali uns talos
e aos quais ninguém lança nada.

Tão pouco, tanto
quanto a voz
que me pega nos braços,
tens de me deixar.
Sem a voz
não vou respirar.

LINGUISTIK

Du musst mit dem Obstbaum reden.

Erfinde eine neue Sprache,
die Kirschblütensprache,
Apfelblütenworte,
rosa und weisse Worte,
die der Wind
lautlos
davonträgt.

Vertraue dich dem Obstbaum an
wenn dir ein Unrecht geschieht.
Lerne zu schweigen
in der rosa
und weissen Sprache.

LINGUÍSTICA

Tu deves conversar com a fruteira.

Inventa uma nova língua,
a língua da cerejeira em flor,
palavras da macieira em flor,
palavras brancas e rosas,
que o vento
carrega
em silêncio.

Confia-te à fruteira
quando sobre ti recai a injustiça.
Aprende a silenciar
na língua branca
e rosa.

WARNUNG

Wenn die kleinen weisen Strassen
im Süden
die du gegengen bist
sich dir öffnen wie Knospen
voller Sonne
und dich einladen.

Wenn die Welt
frischgehäutet,
dich aus dem Haus ruft
und dir einen Einhorn
gesattelt
zur Tür schikt.

Dann sollst du hinknieen wie ein Kind
am Fuss deines Betts
und um Bescheidenheit bitten.
Wenn alles dich einlädt,
das ist das Stunde
wo dich alles verlässt.

AVISO

Quando estradinhas brancas
no sul
por onde tanto caminhaste
se abrem para ti como botões
plenos de sol
e te convidam.

Quando o mundo
despojado de pele,
chama-te para fora de casa
e envia à tua porta
um unicórnio
selado.

Deves então ajoelhar-se feito criança
ao pé de tua cama
e pedir modéstia.
Quando tudo te convida,
é também a hora em que
tudo te deserta.

FAHRT DURCH KASTILIEN

I

Ich weiss nicht, warum die Welt
sich mir in zwei Hälften teilt.

Kastilien ein Weizenfeld.
Das Weizenfeld öffnet sich,
alles öffnet sich,
was ich sehe.
Die andere Hälfte
immer die Deine.

Ich bin so wach,
dass ich die Ähren zählen kann.

Frauen mit grossen Hüten,
oben Gold, unten Gold,
goldenes Karussel auf den Tennen.
Die Spreu ein goldener Fächer im Wind.
Alles teilt sich
in zwei Teile.

Schafe, erdgrau, mit dem Hirten,
Ulmen, die sich in Wiesen spiegeln,
Rauchwolken von Vögeln,
Berge
wollen nicht mein sein,
ohne auch dein zu sein.

Nicht das Feld, nicht die Stadt
mag ich nenhmen,

VIAGEM POR CASTELA

I

Não sei por que o mundo
para mim se parte em duas metades.

Castela um campo de trigo.
O campo de trigo se abre,
tudo o que vejo
se abre.
Sempre tua
a outra metade.

De tão desperta,
posso contar as espigas.

Mulheres com enormes chapéus,
acima ouro, abaixo ouro
carrossel dourado nas eiras.
A palha um leque dourado ao vento.
Tudo se parte
em duas metades.

Ovelhas, cinza-terra, com o pastor,
ulmeiros espelhados nos campos,
nuvens esfumaçadas de pássaros,
montanhas
não querem ser meus,
se não forem teus.

Nem o campo, nem a cidade
posso com gosto receber,

Gold der Ähren, Gold der Türme,
wenn ich nicht dir davon geben darf.

2

Bei den Männern aus grauem Stein
vor der honigfarbenen Kirche,
Jahrhunderte
einander zugewandt,
Gespräch das nie verwittert,
wend ich mich nach dir um
und neige mich zu dir
– du, aus Traum –
und höre deine Stimme
die schweigt.
Unser Gespräch ohne Gesicht.
Ohne Stunde.
Traumgeschwister.
Weniger als der Stein.

Die Tauben sehen von oben
wie ich mich wende,
die Apostel hören
was ich dir sage
in unser wortlosen Sprache.
Es ist sehr hell
zum Träumen.
Ich stehe vor einem Kirschentor
allein auf den Fliesen,
deine Hälfte der Welt,
eine geöffnete Frucht,
in der Hand.

ouro das espigas, ouro das torres
se não posso partilhar contigo.

2

Junto aos homens de pedra cinza
diante da igreja cor de mel,
por séculos
voltados um para o outro,
conversa que nunca se corrói,
me viro para você
e para você me inclino
– você que é de sonho –
e ouço sua voz
que emudece.
Nosso diálogo sem face.
Sem horas.
Irmãos em sonho.
Menos do que a pedra.

As pombas nos olham de cima
quando me volto,
os apóstolos ouvem
o que digo
em nossa língua sem palavras.
É muita claridade
para o sonho.
Estaco em uma das portas
só sobre as lajotas,
tua metade do mundo,
um fruto aberto,
na mão.

3

Dein Name auf meinen Lippen,
immer am Rande des Rufs,
er darf nicht zu Boden fallen.
Kein Tropfen deines Namens
darf zu Boden fallen.
Ich trage das volle Gefäss
mit Vorsicht.
So leise kann er nicht fallen,
dein Name,
dass nicht der Tag zerbirst.
Und so laut nicht
dass du ihn hörst.

3

Teu nome em meus lábios,
sempre à borda do chamado,
não deve cair no chão.
Sequer uma gota de teu nome
deve cair no chão.
Levo com zelo a vasilha
repleta.
Tão baixinho que teu nome
não possa cair no chão
e o dia se rompa.
E não tão alto
que possas escutá-lo.

FLUT

Ich fühle, wie das unruhige
Wasser
deines Herzens steigt.

Ich bitt dich um nichts.

Lasse mich
ertrinken.
Rette das Bild.

ENCHENTE

Sinto como sobe a inquieta
água
do teu coração.

Não te peço nada.

Deixa-me
afogar.
Salva a imagem.

MORGENS UND ABENDS

I

Immer wieder die schwarzen Vögel
über mich wegfliegend.
Diese Frühaufsteher,
wenn ich die Augen öffne.

Und des Abends
– ich zu müd mich zu wehren –
ein verspäteter,
der in meninem Haar übernachtet.

2

Die Wiesen, die Augen
früh und spät
so nass.

Dazwischen
ist Tag.

DE MANHÃ, DE NOITE

I

Sempre outra vez os pássaros negros
se afastam voando sobre minha cabeça.
Esse madrugador,
quando abro minhas pálpebras.

E de noite
– eu tão cansada para defender-me –
um que se atrasou,
que pernoitou em meus cabelos.

2

Os prados, os olhos
cedo e tarde
tão molhados.

Entrementes
é dia.

TRAUMWASSER

Traumwasser
voll ertrunkener Tage.

Traumwasser
steigt in den Strassen.

Traumwasser
schwemmt mich hinweg.

ÁGUA DO SONHO

Água do sonho
pesada de dias afogados.

Água do sonho
sobe pelas ruas.

Água do sonho
arrasta-me para longe.

MIT LEICHTEM GEPÄCK

Gewöhn dich nicht.
Du darfst dich nicht gewöhnen.
Eine Rose ist eine Rose.
Aber ein Heim
ist kein Heim.

Sag dem Schosshund Gegenstand ab
der dich anwedelt
aus den Schaufenstern.
Er irrt. Du
riechst nicht nach Bleiben.

Ein Löffel ist besser als zwei.
Häng ihn dir um den Hals,
du darfst einen haben,
denn mit der Hand
schöpft sich das Heisse zu schwer.

Es liefe der Zucker dir durch die Finger,
wie der Trost,
wie der Wunsch,
an dem Tag
da er dein wird.

Du darfst einen Löffel haben,
eine Rose,
vielleicht ein Herz
und vielleicht,
ein Grab.

COM BAGAGEM DE MÃO

Não se apegue.
não tens o direito de te apegar.
Uma rosa é uma rosa.
Mas um lar
não é um lar.

Dê as costas ao cãozinho
que da vitrine
te abana o rabo.
Ele se dispersa. Não tens o cheiro
de quem permanece.

Uma colher é melhor que duas.
Pendura uma em teu pescoço,
tens o direito de ter uma,
pois com a mão é penoso
demais pegar o quente.

O açúcar te escorre pelos dedos,
como o consolo,
como o desejo,
no dia em que ela passa
a ser tua.

Tens o direito de ter uma colher
uma rosa,
quem sabe um coração
e quem sabe,
uma cova.

ORIENTIERUNG

Für Minne

Mein Herz, diese Sonnenblume
auf der Suche
nach Licht.

Welchem
der lang vergangenen Schimmer
hebst du den Kopf zu
an den dunklen Tagen?

ORIENTAÇÃO

Para Minne

Meu coração, este girassol
no encalço
da claridade.

Para qual dos
fulgores que há tanto já se foram
ergues a tua cabeça
nos dias de escuridão?

BITTE AN EINEN DELPHIN

Für Christine Busta

Jede Nacht
mein Kissen umarmend wie einen sanften Delphin
schwimme ich weiter fort.

Sanfter Delphin
in diesem Meer von Herzklopfen,
trage mich,

wenn es hell wird,
an einen gütigen Strand.
Fern der Küste von morgen.

PEDIDO A UM GOLFINHO

Para Christine Busta

Toda noite
abraçada ao travesseiro como a um dócil golfinho
vou nadando adiante.

Dócil golfinho
neste mar de pulsações do coração,
me carregue,

quando raiar o dia,
até uma amistosa praia.
Distante da costa da manhã.

ZÄRTLICHE NACHT

Es kommt die Nacht
da liebst du

nicht was schön –
was hässlich ist.

Nicht was steigt –
was schon fallen muss.

Nicht wo du helfen kannst –
wo du hilflos bist.

Es ist eine zärtliche Nacht,
die Nacht da du liebst,

was Liebe
nicht retten kann.

TERNA NOITE

Chega a noite
então amas

não o que é belo –
o que é feio.

Não o que sobe –
o que já deve cair.

Não onde és capaz de ajudar –
onde careces de ajuda.

É uma noite terna,
a noite em que amas,

isso que o amor
não pode salvar.

LYRIK

das Nichtwort

ausgespannt
zwischen

Wort und Wort.

LÍRICA

a não-palavra

retesada
entre

palavra e palavra.

EINHORN

Die Freude
dieses bescheidenste Tier
dies sanfte Einhorn

so leise
man hört es nicht
wenn es kommt, wenn es geht
mein Haustier
Freude

wenn es Durst hat
leckt es die Tränen
von den Träumen.

UNICÓRNIO

Alegria
este tão singelo animal
este dócil unicórnio

tão quieto
não se ouve
quando chega, quando parte
meu animal doméstico
alegria

quando tem sede
vem lamber as lágrimas
dos sonhos.

VON UNS

Man wird in späteren Zeiten von uns lesen.

Nie wollte ich in späteren Zeiten
das Mitleid der Schulkinder erwecken.
Nie auf diese Art
in einem Schulheft stehn.

Wir, verurteilt
zu wissen
und nicht zu handeln.

Unser Staub
wird nie mehr Erde.

SOBRE NÓS

No futuro irão ler sobre nós.

Nunca desejei despertar no futuro
a compaixão do aluno de escola.
Aparecer em seu caderno
desse modo.

Nós, condenados
a saber
e nunca a agir.

Nosso pó
não volta a ser terra.

SCHÖNER

Schöner sind die Gedichte des Glücks.

Wie die Blüte schöner ist als der Stengel
der sie doch treibt
sind schöner die Gedichte des Glücks.

Wie der Vogel schöner ist als das Ei
wie es schön ist wenn Licht wird
ist schöner das Glück.

Und sind schöner die Gedichte
die ich nicht schreiben werde.

MAIS BELOS

Mais belos são os poemas da alegria.

Como é mais bela a flor do que a haste
que a faz todavia despontar
são mais belos os poemas da alegria.

Como o pássaro é mais belo que o ovo
como é belo quando o dia raia
é mais bela a alegria.

E são mais belos os poemas
que nunca escreverei.

KÖLN

Die versunkene Stadt
für mich
allein
versunken.

Ich schwimme
in diesen Strassen.
Andere gehen.

Die alten Häuser
haben neue grosse Türen
aus Glas.

Die Toten und ich
wir schwimmen
durch die neuen Türen
unserer alten Häuser.

COLÔNIA

A cidade submersa
só para
mim
submersa.

Nado
nestas ruas.
Outros caminham.

As velhas casas
têm portas grandes novas
de vidro.

Os mortos e eu
nós nadamos
através das novas portas
de nossas velhas casas.

EXIL

Meinem Vater

Der sterbenden Mund
müht sich
um das richtig gesprochene
Wort
einer fremden
Sprache.

EXÍLIO

Ao meu pai

A boca moribunda
exaure-se
pela pronúncia exata
da palavra
na língua de outra
pátria.

NACHT

Man hat mich Tote aufs Wasser gelegt
ich fahre die Flüsse hinunter

die Rhône den Rhein den Guadalquivir
den Haifischfluss in den Tropen.

Am Meer die Särge.
Ich ohne Münze zwischen den Zähnen

ich treibe in meinem Bett
an den harmherzigen

Bewahrern
geliebter Toter vorbei

überzählig
unnützer als Treibholz

in den Tag.

NOITE

Deitaram-me morta sobre as águas
vou descendo pelos rios

o Ródano o Reno o Guadalquivir
o Rio dos Tubarões nos trópicos.

No mar os esquifes.
Eu sem uma moeda entre os dentes

sigo flutuando em minha cama
junto à misericordiosa

proteção
de meus mortos queridos

excessiva
inútil como destroço que flutua

rumo ao dia.

ANSTANDSREGEL FÜR ALLERWÄRTS

Man spuckt dir ins Gesicht
zieh eine Wolke um dich
sage es regne.

Ein regennasses Gesicht
ist gesellschaftsfähig
selbst ein verweintes.

Der Misshandelte
sei unbefangen
dass ihm vergeben werde.

Sicher wusste das jeder
Jude
im Dritten Reich.

Nur die Gehängten
hingen da
ärgerlich anzusehen

und wurden geprügelt
Sterbende
für ihr Sterben.

ONIPRESENTES REGRAS DE ETIQUETA

Alguém te cospe na cara
puxa uma nuvem ao teu redor
diz chove.

Uma face molhada de chuva
é socialmente apresentável
até mesmo uma molhada de lágrimas.

Que o aviltado
fique impassível
e tudo lhe será perdoado.

É certo que disso sabia
cada judeu
no Terceiro Reich.

Só os enforcados
ficavam lá pendurados
irritantes ao olhar

e eram espancados
morrentes
para sua própria morte.

DAS GEFIEDER DER SPRACHE

Das Gefieder der Sprache streicheln
Worte sind Vögel
mit ihnen
davonfliegen.

A PLUMAGEM DO IDIOMA

Afagar a plumagem do idioma
palavras são pássaros
com elas voar daqui
para bem longe.

NÄCHTLICHE ORIENTIERUNG

Mein Kopf liegt nach Süden
meine Füsse nach Norden
seit ich fort bin
immer meine Füsse nach Norden
zu dir.
Mein Körper
im Schlaf ein Kompassnadel
die ihren Nord sucht.

ORIENTAÇÃO NOTURNA

Minha cabeça deita-se para o sul
meus pés para o norte
assim que me fui
meus pés sempre para o norte
voltados para ti.
Meu corpo
que dorme agulha de bússola
em busca de teu norte.

DAS WACHSEN VON TRÄUMEN

Das Wachsen von Träumen
macht Angst
als fehlten die Flügel
diese Mauern
zu überfliegen.

Schrei nach
einer Hand, einer Tür,
aus Fleisch, aus Holsz.

O DESPERTAR DOS SONHOS

O despertar dos sonhos
enche de medo
como se não achássemos as asas
para voar acima
dessas muralhas.

Grita por
uma mão, por uma porta,
de carne, de madeira.

ALTERNATIVE

Ich lebte auf einer Wolke
einem fliegenden Teller
und las keine Zeitung.

Meine zärtlichen Füsse
gingen die Wege nicht mehr
die sie nicht gehen konnten.

Einander tröstend
wie zwei Tauben
wurden sie jeden Tag kleiner.

Gewiss ich war unnütz.

Der Wolkenteller zerbrach
ich fiel in die Welt
eine Welt aus Schmirgelpapier.

Die Handflächen tun mir weh
die Füsse hassen einander.
Ich weine.

Und bin unnütz.

ALTERNATIVA

Eu vivia em uma nuvem
em um disco que voava
e não lia jornais.

Meus pés delicados
não seguiam mais por caminhos
que não podiam seguir.

A consolar um ao outro
como duas pombas
encolhiam dia após dia.

Claro que eu não servia pra nada.

O disco-nuvem se espatifou
despenquei no mundo
um mundo de folhas de lixa.

As palmas de minhas mãos doem
os pés se odeiam.
Eu choro.

E não sirvo pra nada.

RUF

Mich ruft der Gärtner.

Unter der Erde seine Blumen
sind blau.

Tief unter der Erde
seine Blumen
sind blau.

GRITO

Grita-me o jardineiro.

Sob a terra suas flores
são azuis.

Fundo sob a terra
suas flores
são azuis.

NICHT MÜDE WERDEN

Nicht müde werden
sondern dem Wunder
leise
wie einem Vogel
die Hand hinhalten.

JAMAIS ESMORECER

Jamais esmorecer
antes ao milagre
sereno
como a um pássaro
estender a mão.

ARS LONGA

Der Atem
in einer Vogelkehle
der Atem der Luft
in den Zweigen.

Das Wort
wie der Wind selbst
sein heiliger Atem
geht es aus und ein.

Immer findet der Atem
Zweige
Wolken
Vogelkehlen.

Immer das Wort
das heilige Wort
einen Mund.

ARS LONGA

O hálito
numa goela de pássaro
o hálito do ar
nos galhos.

A palavra como
o próprio vento
seu hálito sacro
para fora e para dentro.

O hálito sempre encontra
galhos
nuvens
goelas de pássaro.

Sempre encontra uma boca
a palavra
a palavra sacra.

SCHRIFT

Wo du mich pflügst
bleibt die Furche.

Meine Schrift auf dir
ist wie ein Zeichen im Sand
das jeder Nachtwind verweht.

ESCRITA

Onde me corre o teu arado
permanece o sulco.

O que escrevo em ti
é como um traço na areia
a cada brisa noturna se desfaz.

GEGENGEWICHT

Wie kann ich
in meinem blauesten Kleid
und riefe ich alle blühenden Zweige
und alle Nachtigallen zu Hilfe

wie kann ich mit Lachen oder Tränen
das Gleichgewicht halten
der anderen Schale
in der die Welt liegt

eine Nuss aus Blei?

CONTRAPESO

De que modo posso
em meu traje mais azul
e grito pela ajuda de todos os galhos floridos
e de todos os rouxinóis

de que modo posso com riso ou lágrimas
manter o equilíbrio
do outro prato
em que se deposita o mundo

uma noz de chumbo?

ABEL STEH AUF

Abel steh auf
es muss neu gespielt werden
täglich muss es neu gespielt werden
täglich muss die Antwort noch vor uns sein
die Antwort muss ja sein können
wenn du nicht aufstehst Abel
wie soll die Antwort
diese einzig wichtige Antwort
sich je verändern
wir können alle Kirchen schliessen
und alle Gesetzbücher abschaffen
in allen Sprachen der Erde
wenn du nur aufstehst
und es rückgängig machst
die erste falsche Antwort
auf die einzige Frage
auf die es ankommt
steh auf
damit Kain sagt
damit er es sagen kann
Ich bin dein Hüter
Bruder
wie sollte ich nicht dein Hüter sein
Täglich steh auf
damit wir es vor uns haben
dies Ja ich bin hier
ich
dein Bruder

ABEL, LEVANTA

Abel, levanta
deve se passar tudo de novo
todo dia deve se passar tudo de novo
todo dia a resposta tem de estar ainda diante de nós
a resposta tem que poder ser sim
se você não se levanta, Abel
como deveria a resposta
essa única e decisiva resposta
enfim ser alterada
Todas as igrejas poderiam ser fechadas
e todos os livros da lei abolidos
em todas as línguas da terra
se você se levanta
e faz voltar atrás
essa primeira falsa resposta
para a única pergunta
que de fato importa
levanta
e Caim vai dizer
e ele vai poder dizer
sou seu guardador
irmão
como poderia não ser
Todo dia levanta
e teremos diante de nós
esse sim estou aqui
eu
teu irmão

Damit die Kinder Abels
sich nicht mehr fürchten
weil Kain nicht Kain wird
Ich schreibe dies
ich ein Kind Abels
und fürchte mich täglich
vor der Antwort
die Luft in meiner Lunge wird weniger
wie ich auf die Antwort warte

Abel steh auf
damit es anders anfängt
zwischen uns allen

Die Feuer die brennen
das Feuer das brennt auf der Erde
soll das Feuer von Abel sein

Und am Schwanz der Racketen
sollen die Feuer von Abel sein

E os filhos de Abel
não mais irão temer
pois Caim não será Caim
Escrevo isso
eu filho de Abel
e todo dia temo
a resposta
escasseia o ar em meus pulmões
enquanto espero a resposta

Abel, levanta
e haverá então outro começo
entre nós todos

Os fogos que queimam,
o fogo que queima sobre a terra
deve ser o de Abel

E na cauda dos foguetes
os fogos devem ser os fogos de Abel

WORT UND DING

Wort und Ding
lagen eng aufeinander
die gleiche Körperwärme
bei Ding und Wort

PALAVRA E COISA

Palavra e coisa
deitadas uma sobre a outra
a mesma temperatura corpórea
em coisa e em palavra

GEBURTSTAGE

Sie ist tot

heute ist ihr Geburtstag
das ist der Tag
an dem sie
in diesem Dreieck
zwischen den Beinen ihrer Mutter
herausgewürgt wurde
sie die mich herausgewürgt hat
zwischen ihren Beinen

sie ist Asche

*

Immer denke ich
an die Geburt eines Rehs
wie es die Beine auf den Boden sezte

*

Ich habe niemand ins Licht gezwängt
nur Worte
Worte drehen nicht den Kopf
sie stehen auf
sofort
und gehn

ANIVERSÁRIO

Ela está morta

hoje é o dia de seu aniversário
é o dia
em que
nesse triângulo
entre as pernas de sua mãe
ela foi desembuchada
ela que me desembuchou
por entre suas pernas

dela só há cinzas

*

Sempre penso
no nascimento de uma corça
como no chão ela se ergueu sobre as patas

*

Eu não forcei ninguém à luz
só palavras
Palavras não viram a cabeça
logo
se erguem
e se vão

WUNSCH

Ich möchte von den Dingen die ich sehe
wie von dem Blitz
gespalten werden
Ich will nicht das sie vorüberziehen
farblos bunte
sie schwimmen auf meiner Netzhaut
sei treiben vorbei
in die dunkle Stelle
am Ende der Erinnerung

DESEJO

Quisera as coisas que vejo
me cindissem
como faz o relâmpago
Não quero que passem
sem cores multicores
elas nadam sobre minha retina
seguem adiante boiando
rumo ao lugar escuro
nos confins da lembrança

LINKE KOPFHÄLFTE

In dieser kleinen Halbkugel
auf der mein Haar grau wird
wohnen die Wörter
dies Wörternest

Meine Hand
nimmt das Nest in die Hand

Die rechte sagt man
ist leer von Worten

Auslauf für das unbenutzte
Vokabular
der Erinnerung

HEMISFÉRIO ESQUERDO

Nesta pequena semiesfera
onde meu cabelo embranquece
moram as palavras
este ninho de palavras

Minha mão
pega o ninho na mão

A direita, dizem,
está vazia de palavras

Viveiro para o voo
do vocabulário sem uso
da lembrança

MÄHER

Glanz, der nicht ruht, Klinge
in weitem Bogen geführt,
Sichel aus Sonne.

Ich liege da wie die Wiese
und spüre dein Messer,
Mäher,
unaufhaltsam und kalt,
wie es naht.

Und alle Blumen
erschrecken
auf meinem Herzen.

CEIFADOR

Brilho, irrequieto, gume
domado em grande arco,
meia-lua de sol.

Aqui me estendo como o pasto
e farejo a cada passo
tua foice,
ceifador,
irrefreável e fria.

E todas as flores
arrepiam-se
em meu coração.

AUF WELCH VERLÄSSLICHEN STERN?

What will I do gin my Hoggie die,*
my joy, my pride, my hoggie?
My only beast...
ROBERT BURNS (1788)

Das kleine schwarze Schaf
das stössige
mit der weissen Locke
und den zärtlichen Augen,
wo führ ich es hin, wo schliess ich es weg,
in welch sicheren Stall,
mein kleines schwarzes Schaf,
mein einziges Schaf,
wenn die Gefahr kommt,
die furchtbare Pest
die alle Herden verseucht?

Schon öffnen sie die Gräben
für das grosse Sterben
und halten die Fackeln bereit
für das Verbrennen der Leichen.
Ich armer hilfloser
Hirte,
mein Schäfchen mit den zärtlichen Augen,
auf welche Alm,
auf welch verlässlichen Stern
mit guten Kräutern
rett ich es hin?

---

* Schottisch: Schäfchen

EM QUE CONFIÁVEL ESTRELA?

What will I do gin my Hoggie[*] *die,*
my joy, my pride, my hoggie?
My only beast...
ROBERT BURNS (1788)

A pequena ovelha negra
a que cabeceia
a de cachinhos brancos
e de olhos doces,
para onde a levo, onde a tranco,
em que estábulo seguro,
minha pequena ovelha negra,
minha única ovelha,
quando chega o perigo
a temível peste
que infecta os rebanhos inteiros?

Já se abrem as covas
para a grande morte
e se mantêm a postos as tochas
para a queima dos cadáveres.
Eu pobre desamparada
pastora
minha ovelhazinha com olhos doces,
em que pasto dos Alpes
em que estrela confiável
com bom capim
eu a salvo?

---

[*] Escocês: rebanho

Denn Gott gab mir das Schaf,
das stössige kleine Schaf
mit den zärtlichen Augen,
und sagte: „Hier hast du dein Schaf,
ein lebendiges Schaf
für die grünen Weiden des Herzens.
Du darfst mit ihm spielen.
Du bist nicht mehr allein.
Doch Eines erwart ich von dir
in diesem Leben – nichts sonst:
pass mir gut auf auf mein Schaf."

Pois Deus me deu uma ovelha,
a que cabeceia
a de olhos doces,
e disse: "Aqui tens tua ovelha,
uma ovelha vivaz
para os pastos verdes do coração.
Te deixo brincar com ela.
Não estás mais só.
Mas de ti uma coisa nessa vida
espero – nada mais:
toma conta de minha ovelha".

WIE ERZ IN STEIN VERSPRENGT

Wie Erz in Stein versprengt
Schicht nach Schicht
meine Adern.

Du kannst es nicht abtragen.
Das Dynamit Angst
ändert nichts.

Solange du Berg bist
lieg ich in dir
und leuchte.

COMO MINÉRIO ESPALHADO NA PEDRA

Como minério espalhado na pedra
camada após camada
meus veios.

Tu não podes extraí-lo
o dinamite medo
não muda isso.

Se ainda és montanha
estou em ti
e brilho.

RATLOSER ABEND

Wie kann ich dich auf den Arm nehmen
und über den Strom tragen
als sei ich der heilige Christopher
und es wichen die Wasser vor mir?

Ich, die ich die Schwere des Abends
nicht heben kann
wenn die Liebe auf meinen Brüsten glänzt
indiskret wie ein Schrei aus Jasmin
der die Leute auf der Strasse verstört.

NOITE ATÔNITA

Como tomar-te no braço
e carregar-te sobre a torrente
como se fosse São Cristóvão
e diante de mim fugissem as águas?

Eu que não posso erguer
o peso da noite
quando em meus seios resplandece o amor
indiscreto feito um grito vindo do jasmim
a aturdir em plena rua as pessoas.

HARTE FREMDE HÄNDE

Harte fremde Hände
sollen über mich fahren
wie Pflüge
und deine Wurzeln zerreissen.
Ich will meinen Körper einreiben
mit fremdem Schweiss
wie mit einer beizenden Salbe
dass alle Poren vergessen
wie du riechst.
Haare ohne Namen
sollen auf meiner Haut liegen
wie Tannennadeln auf dem Waldboden,
andere Lippen die Augen küssen
die für dich weinen.

Und meine Seele, die dich sucht
so natürlich
wie abends ein Vogel über das Meer fliegt,
verliert die Richtung
und kommt
nie wieder an Land.

DURAS MÃOS FORASTEIRAS

Duras mãos forasteiras
devem correr sobre mim
como arados
e romper tuas raízes.
Quero esfregar em meu corpo
um suor forasteiro
como uma ardente pomada
até que todos os meus poros
percam a memória de teu cheiro.
Cabelos sem nome
devem se espalhar sobre meu corpo
como agulhas de abeto no solo da floresta,
outros lábios devem beijar os olhos
que choram por ti.

E a alma sempre no teu encalço
tão naturalmente
como o pássaro que à noite sobrevoa o mar,
perde a direção
e nunca mais
aterrisa.

„PICARA“

Ich war der reife Apfel
der fast auf den Boden hängt.
Du brauchtest keinen Finger zu rühren.
Ich sagte: „Öffne deinen Mund
und iss mich.“

Das war in der Schlaraffensaison,
wo die gesottenen Hühner und Enten
mit Messer und Gabel im Rücken
nach deinem Versprechen verlangten
dass du sie verspeisen geruhst.

Jetzt bin ich die kleine grüne Frucht
auf dem obersten Zweig
wo der frische Wind bläst.
Die Tauben gurren auf den Dächern
ganz ungebraten.

Und das verschmähte Menü
muss gereift und gepflügt
gefangen und gerupft werden,
wenn und soweit du's
zu locken zu fangen zu reifen zu pflücken
zu rupfen zu braten verstehst.

"PÍCARA"

Eu era uma maçã madura
quase roçando o chão.
Não tinhas de mover um dedo.
Eu dizia: "Abre a boca
vem me comer."

Era no tempo da Cocanha,
em que frangos e patos assados
já com garfo e faca nas costas
de ti só exigiam a promessa
de dignar-se a degustá-los.

Sou agora a frutinha verde
no galho mais alto da árvore
onde sopra o vento fresco.
Nos telhados as pombas arrulham
de todo cruas.

E o menu antes desprezado
deve ser agora maturado
colhido capturado depenado,
se e tanto quanto entenderes
de atrair de capturar de maturar
de colher de depenar de assar.

SIGNAL

Eine Möwe
rosa im Abendlicht
helles Signal über die Bucht.
Wir sehen uns an.

Die Gräser geben sich
zärtliche Zeichen
im Wind.
Sind wir deutlicher?

Alle weissen Blüten
saugen einen Vorrat von Sonne
gegen die Nacht.

Aber wir?

SINAL

Uma gaivota
rosa na luz do ocaso
sinal claro sobre a enseada.
Olhamo-nos.

As gramíneas trocam
sinais delicados
no vento.
Somos mais claros?

As flores brancas
sugam sua provisão de luz
contra a noite.

E nós?

HECKENROSE

Mir träumte ich sei eine Heckenrose
mit blassen Blättern
über dem engen Kelch.
Du gingst vorbei.
Da war ich eine Hagebutte,
bunt und voll Samen.

Ich träumte von einem gepflügten Feld,
du wie quellendes Korn
in der Furche.

Doch wie ich erwachte
da war mein Leib
kaum gewölbt
und unsere Stimmen
leichter als Wind
der mit dem Laub einer Birke spielt.

ROSEIRA BRAVA

Sonhei eu era uma roseira brava
de folhas descoradas
sobre um cálice estreito.
Você passou caminhando.
Então passei a ser o fruto da roseira
apinhado de cores e sementes.

Sonhei com um campo arado,
você qual grão que germina
no sulco aberto.

E ao despertar
lá estava meu corpo
um tanto curvado
e nossas vozes
mais leves que o vento
brincando com as folhas de uma bétula.

ÄGYPTISCHES GRABMAL

Hast du im Leben
den Arm so bewahrend
um sie gelegt,
toter Ägypter?
Hat sie sich an dich geschmiegt
und deine Hüfte umfasst
wie einen Baum?
Nahm sie hin
was du ihr gabst
und verstandst du zu geben?

Oder hat sie oft
die geschwollenen Augen
mit Nilwasser und Salben gekühlt
ehe die Gäste kamen?
Und war es ein glücklicher Kuss,
toter Ägypter,
oder ein schuldiger
als du so zärtlich ihr Schutz versprachst
für die Jahrtausende
nach ihrem Tod?

TUMBA EGÍPCIA

Você em vida
a envolveu protetor
com seus braços,
egípcio morto?
Ela se aninhou em você
e abraçou seu quadril
como uma árvore?
E aceitou
o que você deu a ela
e você soube mesmo o que é dar?

Ou quantas vezes refrescou
com pomada e água do Nilo
os olhos inchados
antes que viessem os convidados?
E foi um beijo amoroso,
egípcio morto,
ou um culpado
quando você tão terno
prometeu protegê-la
por séculos e séculos
após sua morte?

WORTE

Worte sind reife Granatäpfel,
sie fallen zur Erde
und öffnen sich.
Es wird alles Innre nach aussen gekehrt,
die Frucht stellt ihr Geheimnis bloss
und zeigt ihren Samen,
ein neues Geheimnis.

PALAVRAS

Palavras são romãs maduras,
elas tombam sobre a terra
e se abrem.
O dentro todo se volta para fora,
o fruto desmascara seu segredo
e mostra suas sementes,
um novo segredo.

GEFÄHRLICHER LÖFFEL

Du isst die Erinnerung
mit dem Löffel des Vergessens.

Das ist ein böser Löffel, mit dem du isst,
ein Löffel der Speise und Esser verzehrt,

Bis eine Schale aus Schatten
dir übrig bleibt
in einer Schattenhand.

COLHER PERIGOSA

Tu comes a lembrança
com a colher do esquecer.

É uma colher do mal com que comes,
uma colher que devora a comida e o comensal.

Até que um prato de sombra
por fim te reste
em uma mão de sombras.

GEFÄNGNIS

Die Sprache ist voller Worte
die du gebraucht hast.
Täglich
benutze ich deine Worte
als sei ich ein Sträfling
und hätte nur diesen Becher
und diesen Teller.

PRISÃO

O idioma é cheio de palavras
que tu empregaste.
Dia a dia
uso tuas palavras
como se eu fosse um detento
e de meu só tivesse esta caneca
e este prato.

LANDEN DÜRFEN

Ich nannte mich
ich selber rief mich
mit dem Namen einer Insel.

Es ist der Name eines Sonntags
einer geträumten Insel.
Kolumbus erfand die Insel
an einem Weihnachtssonntag.

Sie war eine Küste
etwas zum landen
man kann sie betreten
die Nachtigallen singen an Weihnachten dort.

Nennen Sie sich, sagte einer
als ich in Europa an Land ging,
mit dem Namen Ihrer Insel.

PERMISSÃO PARA DESEMBARCAR

Eu mesma me dei
eu mesma me chamei
pelo nome de uma ilha.

É o nome de um domingo
de uma ilha sonhada.
Colombo descobriu a ilha
num domingo de Natal.

Ela era uma costa
algo onde atracar
Pode-se adentrá-la
os rouxinóis cantam lá no Natal.

A Sra. deve se chamar, alguém me disse,
quando desembarquei na Europa,
pelo nome da sua ilha.

VERSPRECHEN AN EINE TAUBE

Taube,
ich suchte Einen Tisch
da fand ich
dich,
Taube,
auf dem Rücken liegend
die rosa Füsse an den hellen Leib gepresst
abgestürzt
aus dem Licht,
Botin,
in einen Trödelladen.

Taube,
wenn mein Haus verbrennt
wenn ich wieder verstossen werde
wenn ich alles verliere
dich nehme ich mit,
Taube aus wurmstichigem Holz,
wegen des sanften Schwungs
deines einzigen
ungebrochenen
Flügels.

PROMESSA A UMA POMBA

Pomba,
procurei por uma mesa
e então encontrei
a ti,
pomba,
deitada sobre as costas
os pés rosas premidos contra o corpo claro
despencada
da luz,
botim,
em um bricabraque.

Pomba,
se minha casa se incendiar
se de novo eu for escorraçada
se eu perder tudo
levo-te comigo,
pomba de madeira carcomida,
só pelo suave impulso
de tua única
intacta
asa.

IN DER HÖHLE DES POLYPHEM

Der blinde Riese greift wieder nach mir.
Seine Hand zählt die Schafe.

Fortgehn schon wieder
unter dem Bauch des Widders.
Schon einmal
unter der zählenden Hand.

Die fortgehn
lassen alles zurück
die fortgehn
unter der zählenden Hand.

Die fliehen
vor dem Riesen
nehmen nichts mit
als die Flucht.

NA CAVERNA DE POLIFEMO

O gigante cego quer de novo me pegar.
Sua mão conta as ovelhas.

Partir outra vez
sob o ventre do carneiro.
Uma vez mais
sob a mão a contar.

Os que se vão
deixam tudo para trás
os que se vão
sob a mão a contar.

Os que fogem
do gigante
não levam nada
senão a fuga.

ZWEI TÜREN

Nur zwei Türen
sind verriegelt.
Alle andern laden dich ein
und öffnen dem leisesten
Druck deiner Neugier.

Nur diese Türen sind
so hart zu öffnen
dass deine Kräfte nicht reichen.
Kein Schreiner kommt und
hobelt sie ab und ölt
die widerspenstigen Riegel.

Die Tür die sich hinter dir
schloss und du bist
draussen.
Die Tür die vor dir sich sperrt und du
bist drinnen.

DUAS PORTAS

Só duas portas
estão aferrolhadas.
As outras todas te convidam
e abrem-se ao mais leve
toque de tua curiosidade.

Só estas duas portas
são tão difíceis de abrir
que tuas forças não bastam.
Nenhum marceneiro vem
aplainá-las ou lubrificar
os ferrolhos emperrados.

A porta que se fecha a tuas
costas e estás
de fora.
A porta que se fecha a tua frente
e estás dentro.

DEIN ROTER BAUM

Dein roter Baum
macht Winter.
Deine Vögel
fliegen auf.
Lange sassen sie stumm im Geäst.
Sie fliegen
sie kreisen über dir.
Sie werden fremd.

TUA ÁRVORE VERMELHA

Tua árvore vermelha
entra no inverno.
Teus pássaros
saem voando.
Tanto se sentaram calados nos galhos.
Eles voam
circulam sobre tua cabeça.
Tornam-se estrangeiros.

FERNSEHBERICHTE

I

NAPALM-LAZARETT

Am Rande des Schlafs
tauchen sie auf
Köpfe
sie schwimmen
auf dem Traumwasser
auf den Bettdecken
ein Horizont von Sterbenden
Köpfe mit grossen Augen
‚Kriege werden mit Menschen geführt'
sie sehen mich an
Augen
Kein Himmel hat de Blässe
klagender Augen

POEMA TELEVISIVO

I

NAPALM-LAZARETO

Na fímbria do sono
repontam
cabeças
elas vêm nadando
pela água do sonho
pelas cobertas
um horizonte
de agonizantes
cabeças
com olhos enormes
"Guerra é feita com gente"
Me encaram
os olhos
Em nenhum céu o opaco
desses olhos lamentosos

2

BRENNENDE STADT (BEIRUT)

Die brennende Stadt
brennt lautlos
Ich sehe sie jeden Abend
mit immer neuen Namen
der Ansager
vorläufig
sagt Abend für Abend den einen
Ich kann das abstellen
vorläufig
Zumindest im Wachen

2

A CIDADE QUE ARDE (BEIRUTE)

A cidade que arde
em silêncio arde.
Toda noite a vejo
sempre com novos nomes
o locutor diz
noite após noite
um provisório
Posso por ora
desligar
Ao menos se estou
acordada

DER BAUM BLÜHT TROTZDEM

Der Baum blüht trotzdem
Immer haben die Bäume
auch zur Hinrichtung geblüht

Kirschblüten und
Schmetterlinge
treibt der Wind
auch dem Verurteilten ins
Bett

Sie gehen weiter
Blütenhalter
ohne den Kopf zu wenden
die hellen Reihen

Mancher sagt ein Wort zu dir
oder du glaubst, dass er spricht
im Vorbeigehen

Weil es so still ist

MESMO ASSIM FLORESCE A ÁRVORE

Mesmo assim floresce a árvore
até para a forca sempre
floresceram as árvores

Flores de cerejeira e
borboletas
carregadas pelo vento
também até a cama
do condenado

Seguem adiante
portadores de flores
sem voltar a cabeça
os renques iluminados

Um ou outro te dirige a palavra
ou tu acreditas que fala
enquanto passa

Pois em torno há tanta calma

Sobre Hilde Domin

Em um de seus escritos autobiográficos, "Eu escrevo porque escrevo", uma das mais importantes poetas alemãs do pós-guerra, Hilde Domin, nos conta sua primeira reação diante da perplexidade que a atinge ao perceber que acabara de escrever, por volta dos seus quarenta anos, um poema. Uma perplexidade que corresponde ao comentário de seu marido, o arqueólogo Erwin Palm, quando ela lhe comunica esse acontecimento inesperado: "Você não escreve poemas". "Até ontem", ela responde com certo cuidado. Ao que ele observa: "como se o gato de repente começasse a falar". Essa perplexidade que toma a poeta a leva a submeter esse poema a um teste: um teste de tradução. Após datilografá-lo, o traduz para o espanhol para ver se ele resiste como poema[1]. E, embora a comparação que ela faz entre a finalidade desse ato da tradução com o ato de testar um tecido examinando como é o seu avesso pareça colocar a tradução no lugar que ela tradicionalmente ocupa (o lado menos nobre do texto, o lado imperfeito, o lado que guarda as marcas ou as máculas de um trabalho que deve sempre desaparecer no produto final), esse ato a coloca também em um lugar que poderíamos chamar de original em relação à criação, que é, a princípio, senhora absoluta de seus domínios.

Essa cena em que a tradução se coloca por assim dizer à frente do original não pode ganhar algum sentido sem uma nota biográfica sobre a poeta cuja vida atravessa e é atravessada por quase todo o século XX. Filha de judeus totalmente assimilados, Hilde, no princípio Löwenstein, nasceu em 1909

[1] Hilde Domin. *Von der Natur nicht vorgesehen. Autobiographisches.* München: R Piper & Co. Verlag, 1974, p. 17). Salvo indicado, todas as traduções são de minha autoria.

na cidade de Colônia. Cursou inicialmente direito como o pai, que era juiz e pelo qual tinha, como podemos ler em um de seus escritos autobiográficos, imensa admiração, mas fez em seguida opção pelo estudo da economia, ciências sociais e filosofia. Engajada politicamente, posicionando-se mais à esquerda como socialdemocrata, manifestou desde muito cedo o seu temor diante da ascensão de Hitler. Prevendo a sua chegada ao poder, resolveu sair da Alemanha anos antes da declaração da guerra. Ela e seu futuro marido, então estudantes, resolveram se mudar para a Itália para cursar um doutorado. Com a aliança entre Hitler e Mussolini e a consequente ameaça de denúncia e deportação, resolvem fugir para a Inglaterra, onde permanecem até a chegada da guerra. A saída foi procurar abrigo cada vez mais longe do continente europeu. A carência de recursos para comprar passagem para os Estados Unidos ou para algum país da América do Sul, como a Argentina, destino de tantos judeus durante a guerra, e o estímulo à emigração de europeus para a República Dominicana como estratégia de embranquecimento de seu povo levam os dois a encontrarem um estranho e sinistro abrigo num país que vive sob o comando do ditador Rafael Trujillo, cuja festa macabra é um dos centros da narrativa de Vargas Llossa no seu romance *A festa do bode*[2]. Embora uma de suas biógrafas, Ilka Scheidgen, ressalte a coragem do casal que abre as portas da sua casa para os desafetos do regime[3], a própria Hilde Domin nos deixa perceber seu temor quando narra, em um de seus textos, o momento de pânico vivido por um amigo alemão, incumbido pelo próprio Trujillo da escrita de sua biografia, ao se ver de repente diante de um dominicano que sobe a sacada do seu hotel para pedir que ajude a denunciar as atrocidades da

---

[2] Mario Vargas Llosa. *A festa do bode*. Rio de Janeiro: Alfaguara, 2011.

[3] Ilka Scheidgen. *Hilde Domin. Dichterin des Dennoch*. Lahr: Kaufmann Verlag, 2011.

ditadura. Desde o começo da fuga até o retorno à Alemanha, o exílio dura 22 anos. Durante esse tempo, ela trabalha como assistente do marido arqueólogo, auxiliando-o como fotógrafa, mas desenvolve também um trabalho próprio como tradutora de poesia, principalmente de poetas de língua espanhola. É exatamente no momento próximo ao fim desse longo exílio, na proximidade do retorno à Alemanha (Gadamer a chamará mais tarde de "a poeta do retorno"[4]), mas também no momento em que ainda vive sob o abalo da chegada recente da notícia da morte da mãe, que ela escreve o seu primeiro poema, ao qual outros se seguem até o primeiro livro. Segundo a poeta, a entrada do inesperado da escrita de poemas em sua vida é tão radical que a faz nascer novamente. "Eu sou espantosamente jovem. Vim ao mundo somente em 1951, chorando como todos vêm ao mundo. Não foi na Alemanha, ainda que o alemão seja minha língua materna. Falava-se espanhol e o jardim defronte à casa era cheio de coqueiros. Para ser exata, eram onze deles. Todos coqueiros-macho e sem frutos. Meus pais estavam mortos quando vim ao mundo. Minha mãe tinha morrido poucas semanas antes"[5].

É essa recém-nascida que é batizada já no continente europeu com o sobrenome da ilha onde desembarca para fugir da perseguição e extermínio dos judeus:

Eu mesma me dei
eu mesma me chamei
pelo nome de uma ilha.

---

[4] Hans-Georg Gadamer. *Ästetik und Poetik II. Hermeneutik im Vollzug. Gesammelt Werk 9*. Tübingen: J. C. B. Mohr (Paul Siebeck), 1993, p. 331-336.

[5] Domin, 1974, op. cit., p. 34.

É o nome de um domingo
de uma ilha sonhada.
Colombo descobriu a ilha
num domingo de Natal.
Ela era uma costa
um local onde atracar
Pode-se adentrá-la
os rouxinóis cantam lá no Natal.

A Sra. pode chamar-se, alguém me disse
quando desembarquei na Europa
pelo nome da sua ilha.[6]

O retorno do qual Gadamer fala, em seu texto sobre Hilde Domin, é o momento em que se cruzam três grandes perdas: a perda da pátria que se deixou para trás quando foi necessário fugir, a perda dessa nova pátria que imperceptivelmente vai se impondo sob a falta da pátria perdida, e a perda de uma pátria que não será encontrada naquela para a qual se volta. O único possível e verdadeiro retorno é o retorno para a linguagem, o que significa, se falamos em origem, um retorno para as raízes da linguagem, um retorno tão radical que possa fazer da linguagem uma morada na ausência de qualquer morada. Um retorno em que todos os recursos da linguagem, toda a sua matéria dispersa é atraída e aglutinada em torno de um ponto, de tal modo que se chegue do disperso ao adensamento de um solo.

No longo poema do retorno, "Pé de maçã e oliveira", que Gadamer cita ao fim de seu texto, castanheiras, macieiras, oliveiras e mangueiras crescem lado a lado no coração. A cidade natal da poeta e a ilha do Caribe se unem pelas raízes,

---

[6] Hilde Domin. *Sämtliche Gedichte*. Frankfurt am Main: Fischer, 2011, p. 238-239.

se enxertam como uma planta mestiça[7]. E foi como uma poesia mestiça que ela, segundo Antonio Pau Trotta, autor de *Hilde Domin en la poesía española*, considerava seus poemas. Hilde Domin se considerou, diz ele, "uma poeta espanhola que escrevia em alemão. Sua estirpe literária era espanhola"[8].

Talvez aqui já possamos voltar ao gesto, que se mantém sempre misterioso, de traduzir o poema escrito na língua materna para o espanhol, esse trânsito na contramão daquele que sempre foi o das suas traduções da poesia espanhola para o alemão. Não apenas pensando nessa mestiçagem de que Antonio Pau e a própria Hilde Domin nos falam. Esse gesto aponta, tal como ele repercute para mim, uma mestiçagem entre criação e tradução. Já estamos acostumados a defender a tradução como criação. Mas já pensamos o suficiente a própria criação como tradução? O marido de Hilde Domin, ao entrar na ilha, apresentou às autoridades um documento em que se declarava arqueólogo e poeta. Arqueólogo ele era, de fato. Poeta, ele pretendia se tornar. Como Hilde Domin, ele foi tradutor e um dos grandes responsáveis pela chegada aos alemães da poesia e da prosa modernas de língua espanhola. Mas é a sua mulher que realmente passa da tradução à criação de poemas ou que, pela primeira vez, se percebe *escrevendo* um poema sem o amparo de um original. Esse novo modo de escrever me remete aos versos finais de um dos seus poemas em que, tendo arranjado para si um quarto no ar, como um ninho no vento, procura um apoio para não cair e só encontra "uma rosa como arrimo"[9]. Creio então que, vivendo essa experiência excêntrica, ela procura na criação a tradução. Mas

---

[7] ibid., p. 10-13.

[8] Antonio Pau Trotta. *Hilde Domin en la poesía española*. Madrid: Trotta Editorial, 2010, p. 9.

[9] Domin, 2011, op. cit., p. 48.

a procura, assim eu entendo, porque a criação aparece para ela como uma radicalização da tradução, uma radicalização que existe em potência em todo ato de traduzir: traduzir sem o original. A criação, a escrita do poema, é sempre o próximo passo da tradução, um passo que pode ser dado ou não, mas um passo que o tradutor é, de algum modo, chamado a dar. Todo tradutor é chamado a rasgar ou a queimar o texto que traduz. Mas por vezes, neste queimar ou rasgar, esse texto reaparece absolutamente vivido, vívido, próprio, um estranho que se torna o mais próximo. Hilde Domin traduziu a poesia de língua espanhola até seu ponto extremo, os seus próprios poemas. Essa me parece ser a mestiçagem de sua poesia: uma mestiçagem de tradução e criação que implica uma mestiçagem de línguas e de literaturas, duas poéticas crescendo lado a lado como as árvores de dois hemisférios diferentes. Hilde Domin: poeta espanhola de língua alemã.

Hilde Domin (1909-2006)

Essa noite sonhei com ela.
Eu apanhei suas mãos
e olhando em seus olhos disse:
sou apaixonada pela Sra.
Ela me perguntou então:
você está morta?
Não, eu respondi.
Estou viva
e estou traduzindo seus poemas.
Estão ficando muito bonitos.

Simone Brantes, Rio de Janeiro, 2023

Sobre a tradutora:

Simone Brantes publicou dois livros de poemas: *Pastilhas brancas* e *Quase todas as noites* (Prêmio Jabuti de poesia em 2017), ambos pela editora 7Letras. É autora de *Rose Ausländer,* da coleção "Ciranda de Poesia" (Eduerj/Editora da UFPR) e do romance *Ana* (Macondo, 2023). Prepara atualmente um um livro de ensaios sobre Kafka.

Origem dos poemas:

"Ziehende Landschaft", "Apfelbaum und Olive", "Herbstzeitlosen", "Rückzug", "Wo steht unser Mandelbaum", "Bau mir ein Haus", "Wie wenig nütze ich bin", "Vorsichtige Hoffnung", "Abschied aus Andalusien", "Die Heiligen", "Ich lade dich ein", "Schale im Ofen", "Makabrer Wettlauf", "Vademecum", "Eskimovogel", "Nur eine Rose als Stütze", "Treulose Kahnfahrt", "Das goldene Seil", "Bittersüsser Maldelbaum", "Die schwersten Wege", "Herbst", "Auf Wolkenbürgschaft", "„Vogel Klage"", "Rufe nicht", "Mit meinem Schatten", "Es kommen keine nach uns" e "Unterricht" são de *Nur eine Rose als Stütze* (1959).

"Herbstaugen", "Nachmittag am Guadalquivir", "Abzählen der Regentropfenschnur", "Winter", "Magere Kost", "Linguistik", "Warnung", "Fahrt durch Kastilien", "Flut", "Morgens und Abends", "Traumwasser", "Mit leichtem Gepäck", "Orientierung", "Bitte an einen Delphin" e "Zärtliche Nacht" são de *Rückkehr der Schiffe* (1962).

"Lyrik", "Einhorn", "Von uns", "Schöner", "Köln", "Exil", "Nacht", "Anstandsregel für allerwärts", "Das Gefieder der Sprache", "Nächtliche Orientierung", "Das Wachsen von Träumen", "Alternative", "Ruf", "Nicht müde werden" e "Ars longa" são de *Hier* (1964).

"Schrift" e "Gegengewicht" são de *Höhlenbilder* (1968).

"Abel steh auf", "Wort und Ding", "Geburtstage", "Wunsch", "Linke Kopfhälfte" e "Fernsehberichte" são de *Ich will dich* (1970/1995).

"Mäher", "Auf welch verlässlichen Stern?", "Wie Erz in Stein versprengt", "Ratloser Abend", "Harte fremde Hände", "„Picara"", "Signal", "Heckenrose", "Ägyptisches Grabmal", "Worte", "Gefährlicher Löffel", "Gefängnis", "Landen dürfen", "Versprechen an eine Taube", "In der Höhle des Polyphem", "Zwei Türen" e "Dein roter Baum" são de *Gesammelte Gedichte* (1987).

"Der Baum blüht trotzdem" é de *Der Baum blüht trotzdem* (1999).

As versões utilizadas são da antologia *Sämtliche Gedichte* © S. Fischer Verlag GmbH, Frankfurt am Main 2009.

Índice de títulos em alemão

Agradecimentos da tradutora:

Agradeço imensamente a Patrícia Lavelle, que leu comigo cada uma das traduções desses poemas e fez sugestões preciosas; a Douglas Valeriano Pompeu, que cotejou as traduções com os originais e cujas intervenções foram certeiras e igualmente preciosas. Também a Matheus Guménin e Suely Torres, que leram alguns poemas e fizeram observações decisivas. Ao Aldo Medeiros, que me incentivou muito no começo desta empreitada. E, claro, ao Marcelo Lotufo um imenso agradecimento por ter acolhido o projeto de publicar Hilde Domin no Brasil.
A Maria Beatriz de Araújo Moreira e Maria Isabel de Araújo Moreira, agradeço sempre, de coração, por tudo.

9 788593 478260

Este livro foi impresso na gráfica Psi7,
em papel pólen natural 80 g/m² e cartão 250g/m²
e composto em Adobe Garamond Pro.